GEORG TRAKL · ACHTZIG GEDICHTE

Mit einem einführenden Nachwort von

Gunther Kleefeld

Langewiesche-Brandt

O, das Blut, das aus der Kehle des Tönenden rinnt,
Blaue Blume; o die feurige Träne
Geweint in die Nacht.

DÄMMERUNG

Verfall

Am Abend, wenn die Glocken Frieden läuten,
Folg ich der Vögel wundervollen Flügen,
Die lang geschart, gleich frommen Pilgerzügen,
Entschwinden in den herbstlich klaren Weiten.

Hinwandelnd durch den dämmervollen Garten
Träum ich nach ihren helleren Geschicken
Und fühl der Stunden Weiser kaum mehr rücken.
So folg ich über Wolken ihren Fahrten.

Da macht ein Hauch mich von Verfall erzittern.
Die Amsel klagt in den entlaubten Zweigen.
Es schwankt der rote Wein an rostigen Gittern,

Indes wie blasser Kinder Todesreigen
Um dunkle Brunnenränder, die verwittern,
Im Wind sich fröstelnd blaue Astern neigen.

Das Grauen

Ich sah mich durch verlass'ne Zimmer gehn.
– Die Sterne tanzten irr auf blauem Grunde,
Und auf den Feldern heulten laut die Hunde,
Und in den Wipfeln wühlte wild der Föhn.

Doch plötzlich: Stille! Dumpfe Fieberglut
Läßt giftige Blumen blühn aus meinem Munde,
Aus dem Geäst fällt wie aus einer Wunde
Blaß schimmernd Tau, und fällt, und fällt wie Blut.

Aus eines Spiegels trügerischer Leere
Hebt langsam sich, und wie ins Ungefähre
Aus Graun und Finsternis ein Antlitz: Kain!

Sehr leise rauscht die samtene Portiere,
Durchs Fenster schaut der Mond gleichwie ins Leere,
Da bin mit meinem Mörder ich allein.

Andacht

Das Unverlorne meiner jungen Jahre
Ist stille Andacht an ein Glockenläuten,
An aller Kirchen dämmernde Altare
Und ihrer blauen Kuppeln Himmelweiten.

An einer Orgel abendliche Weise,
An weiter Plätze dunkelndes Verhallen,
Und an ein Brunnenplätschern, sanft und leise
Und süß, wie unverstandnes Kinderlallen.

Ich seh' mich träumend still die Hände falten
Und längst vergessene Gebete flüstern,
Und frühe Schwermut meinen Blick umdüstern.

Da schimmert aus verworrenen Gestalten
Ein Frauenbild, umflort von finstrer Trauer,
Und gießt in mich den Kelch verruchter Schauer.

Dämmerung

Zerwühlt, verzerrt bist du von jedem Schmerz
Und bebst vom Mißton aller Melodien,
Zersprungne Harfe du – ein armes Herz,
Aus dem der Schwermut kranke Blumen blühn.

Wer hat den Feind, den Mörder dir bestellt,
Der deiner Seele letzten Funken stahl,
Wie er entgöttert diese karge Welt
Zur Hure, häßlich, krank, verwesungsfahl!

Von Schatten schwingt sich noch ein wilder Tanz,
Zu kraus zerrißnem, seelenlosem Klang,
Ein Reigen um der Schönheit Dornenkranz,

Der welk den Sieger, den verlornen, krönt
– Ein schlechter Preis, um den Verzweiflung rang,
Und der die lichte Gottheit nicht versöhnt.

Confiteor

Die bunten Bilder, die das Leben malt
Seh' ich umdüstert nur von Dämmerungen,
Wie kraus verzerrte Schatten, trüb und kalt,
Die kaum geboren schon der Tod bezwungen.

Und da von jedem Ding die Maske fiel,
Seh' ich nur Angst, Verzweiflung, Schmach und Seuchen,
Der Menschheit heldenloses Trauerspiel,
Ein schlechtes Stück, gespielt auf Gräbern, Leichen.

Mich ekelt dieses wüste Traumgesicht.
Doch will ein Machtgebot, daß ich verweile,
Ein Komödiant, der seine Rolle spricht,
Gezwungen, voll Verzweiflung – Langeweile!

Metamorphose

Ein ewiges Licht glüht düsterrot,
Ein Herz so rot, in Sündennot!
Gegrüßt seist du, o Maria!

Dein bleiches Bildnis ist erblüht
Und dein verhüllter Leib erglüht,
O Fraue du, Maria!

In süßen Qualen brennt dein Schoß,
Da lächelt dein Auge schmerzlich und groß,
O Mutter du, Maria!

Ballade

Ein Narre schrieb drei Zeichen in Sand,
Eine bleiche Magd da vor ihm stand.
Laut sang, o sang das Meer.

Sie hielt einen Becher in der Hand,
Der schimmerte bis auf zum Rand,
Wie Blut so rot und schwer.

Kein Wort ward gesprochen – die Sonne schwand,
Da nahm der Narre aus ihrer Hand
Den Becher und trank ihn leer.

Da löschte sein Licht in ihrer Hand,
Der Wind verwehte drei Zeichen im Sand –
Laut sang, o sang das Meer.

ROMANZE ZUR NACHT

Die junge Magd

1

Oft am Brunnen, wenn es dämmert,
Sieht man sie verzaubert stehen
Wasser schöpfen, wenn es dämmert.
Eimer auf und nieder gehen.

In den Buchen Dohlen flattern
Und sie gleichet einem Schatten.
Ihre gelben Haare flattern
Und im Hofe schrein die Ratten.

Und umschmeichelt von Verfalle
Senkt sie die entzundenen Lider.
Dürres Gras neigt im Verfalle
Sich zu ihren Füßen nieder.

2

Stille schafft sie in der Kammer
Und der Hof liegt längst verödet.
Im Hollunder vor der Kammer
Kläglich eine Amsel flötet.

Silbern schaut ihr Bild im Spiegel
Fremd sie an im Zwielichtscheine
Und verdämmert fahl im Spiegel
Und ihr graut vor seiner Reine.

Traumhaft singt ein Knecht im Dunkel
Und sie starrt von Schmerz geschüttelt.
Röte träufelt durch das Dunkel.
Jäh am Tor der Südwind rüttelt.

3

Nächtens übern kahlen Anger
Gaukelt sie in Fieberträumen.
Mürrisch greint der Wind im Anger
Und der Mond lauscht aus den Bäumen.

Balde rings die Sterne bleichen
Und ermattet von Beschwerde
Wächsern ihre Wangen bleichen.
Fäulnis wittert aus der Erde.

Traurig rauscht das Rohr im Tümpel
Und sie friert in sich gekauert.
Fern ein Hahn kräht. Übern Tümpel
Hart und grau der Morgen schauert.

4

In der Schmiede dröhnt der Hammer
Und sie huscht am Tor vorüber.
Glührot schwingt der Knecht den Hammer
Und sie schaut wie tot hinüber.

Wie im Traum trifft sie ein Lachen;
Und sie taumelt in die Schmiede,
Scheu geduckt vor seinem Lachen,
Wie der Hammer hart und rüde.

Hell versprühn im Raum die Funken
Und mit hilfloser Geberde
Hascht sie nach den wilden Funken
Und sie stürzt betäubt zur Erde.

5

Schmächtig hingestreckt im Bette
Wacht sie auf voll süßem Bangen
Und sie sieht ihr schmutzig Bette
Ganz von goldnem Licht verhangen,

Die Reseden dort am Fenster
Und den bläulich hellen Himmel.
Manchmal trägt der Wind ans Fenster
Einer Glocke zag Gebimmel.

Schatten gleiten übers Kissen,
Langsam schlägt die Mittagsstunde
Und sie atmet schwer im Kissen
Und ihr Mund gleicht einer Wunde.

6

Abends schweben blutige Linnen,
Wolken über stummen Wäldern,
Die gehüllt in schwarze Linnen.
Spatzen lärmen auf den Feldern.

Und sie liegt ganz weiß im Dunkel.
Unterm Dach verhaucht ein Girren.
Wie ein Aas in Busch und Dunkel
Fliegen ihren Mund umschwirren.

Traumhaft klingt im braunen Weiler
Nach ein Klang von Tanz und Geigen,
Schwebt ihr Antlitz durch den Weiler,
Weht ihr Haar in kahlen Zweigen.

Seele des Lebens

Verfall, der weich das Laub umdüstert,
Es wohnt im Wald sein weites Schweigen.
Bald scheint ein Dorf sich geisterhaft zu neigen.
Der Schwester Mund in schwarzen Zweigen flüstert.

Der Einsame wird bald entgleiten,
Vielleicht ein Hirt auf dunklen Pfaden.
Ein Tier tritt leise aus den Baumarkaden,
Indes die Lider sich vor Gottheit weiten.

Der blaue Fluß rinnt schön hinunter,
Gewölke sich am Abend zeigen;
Die Seele auch in engelhaftem Schweigen.
Vergängliche Gebilde gehen unter.

Verklärter Herbst

Gewaltig endet so das Jahr
Mit goldnem Wein und Frucht der Gärten.
Rund schweigen Wälder wunderbar
Und sind des Einsamen Gefährten.

Da sagt der Landmann: Es ist gut.
Ihr Abendglocken lang und leise
Gebt noch zum Ende frohen Mut.
Ein Vogelzug grüßt auf der Reise.

Es ist der Liebe milde Zeit.
Im Kahn den blauen Fluß hinunter
Wie schön sich Bild an Bildchen reiht –
Das geht in Ruh und Schweigen unter.

Musik im Mirabell

Ein Brunnen singt. Die Wolken stehn
Im klaren Blau, die weißen, zarten.
Bedächtig stille Menschen gehn
Am Abend durch den alten Garten.

Der Ahnen Marmor ist ergraut.
Ein Vogelzug streift in die Weiten.
Ein Faun mit toten Augen schaut
Nach Schatten, die ins Dunkel gleiten.

Das Laub fällt rot vom alten Baum
Und kreist herein durchs offne Fenster.
Ein Feuerschein glüht auf im Raum
Und malet trübe Angstgespenster.

Ein weißer Fremdling tritt ins Haus.
Ein Hund stürzt durch verfallene Gänge.
Die Magd löscht eine Lampe aus,
Das Ohr hört nachts Sonatenklänge.

Im roten Laubwerk voll Guitarren...

Im roten Laubwerk voll Guitarren
Der Mädchen gelbe Haare wehen
Am Zaun, wo Sonnenblumen stehen.
Durch Wolken fährt ein goldner Karren.

In brauner Schatten Ruh verstummen
Die Alten, die sich blöd umschlingen.
Die Waisen süß zur Vesper singen.
In gelben Dünsten Fliegen summen.

Am Bache waschen noch die Frauen.
Die aufgehängten Linnen wallen.
Die Kleine, die mir lang gefallen,
Kommt wieder durch das Abendgrauen.

Vom lauen Himmel Spatzen stürzen
In grüne Löcher voll Verwesung.
Dem Hungrigen täuscht vor Genesung
Ein Duft von Brot und herben Würzen.

Der Gewitterabend

O die roten Abendstunden!
Flimmernd schwankt am offenen Fenster
Weinlaub wirr ins Blau gewunden,
Drinnen nisten Angstgespenster.

Staub tanzt im Gestank der Gossen.
Klirrend stößt der Wind in Scheiben.
Einen Zug von wilden Rossen
Blitze grelle Wolken treiben.

Laut zerspringt der Weiherspiegel.
Möven schrein am Fensterrahmen.
Feuerreiter sprengt vom Hügel
Und zerschellt im Tann zu Flammen.

Kranke kreischen im Spitale.
Bläulich schwirrt der Nacht Gefieder.
Glitzernd braust mit einem Male
Regen auf die Dächer nieder.

Winterdämmerung

Schwarze Himmel von Metall.
Kreuz in roten Stürmen wehen
Abends hungertolle Krähen
Über Parken gram und fahl.

Im Gewölk erfriert ein Strahl;
Und vor Satans Flüchen drehen
Jene sich im Kreis und gehen
Nieder siebenfach an Zahl.

In Verfaultem süß und schal
Lautlos ihre Schnäbel mähen.
Häuser dräu'n aus stummen Nähen;
Helle im Theatersaal.

Kirchen, Brücken und Spital
Grauenvoll im Zwielicht stehen.
Blutbefleckte Linnen blähen
Segel sich auf dem Kanal.

Vorstadt im Föhn

Am Abend liegt die Stätte öd und braun,
Die Luft von gräulichem Gestank durchzogen.
Das Donnern eines Zugs vom Brückenbogen –
Und Spatzen flattern über Busch und Zaun.

Geduckte Hütten, Pfade wirr verstreut,
In Gärten Durcheinander und Bewegung,
Bisweilen schwillt Geheul aus dumpfer Regung,
In einer Kinderschar fliegt rot ein Kleid.

Am Kehricht pfeift verliebt ein Rattenchor.
In Körben tragen Frauen Eingeweide,
Ein ekelhafter Zug voll Schmutz und Räude,
Kommen sie aus der Dämmerung hervor.

Und ein Kanal speit plötzlich feistes Blut
Vom Schlachthaus in den stillen Fluß hinunter.
Die Föhne färben karge Stauden bunter
Und langsam kriecht die Röte durch die Flut.

Ein Flüstern, das in trübem Schlaf ertrinkt.
Gebilde gaukeln auf aus Wassergräben,
Vielleicht Erinnerung an ein früheres Leben,
Die mit den warmen Winden steigt und sinkt.

Aus Wolken tauchen schimmernde Alleen,
Erfüllt von schönen Wägen, kühnen Reitern.
Dann sieht man auch ein Schiff auf Klippen scheitern
Und manchmal rosenfarbene Moscheen.

Die Ratten

In Hof scheint weiß der herbstliche Mond.
Vom Dachrand fallen phantastische Schatten.
Ein Schweigen in leeren Fenstern wohnt;
Da tauchen leise herauf die Ratten

Und huschen pfeifend hier und dort
Und ein gräulicher Dunsthauch wittert
Ihnen nach aus dem Abort,
Den geisterhaft der Mondschein durchzittert

Und sie keifen vor Gier wie toll
Und erfüllen Haus und Scheunen,
Die von Korn und Früchten voll.
Eisige Winde im Dunkel greinen.

In einem verlassenen Zimmer

Fenster, bunte Blumenbeeten,
Eine Orgel spielt herein.
Schatten tanzen an Tapeten,
Wunderlich ein toller Reihn.

Lichterloh die Büsche wehen
Und ein Schwarm von Mücken schwingt.
Fern im Acker Sensen mähen
Und ein altes Wasser singt.

Wessen Atem kommt mich kosen?
Schwalben irre Zeichen ziehn.
Leise fließt im Grenzenlosen
Dort das goldne Waldland hin.

Flammen flackern in den Beeten.
Wirr verzückt der tolle Reihn
An den gelblichen Tapeten.
Jemand schaut zur Tür herein.

Weihrauch duftet süß und Birne
Und es dämmern Glas und Truh.
Langsam beugt die heiße Stirne
Sich den weißen Sternen zu.

Romanze zur Nacht

Einsamer unterm Sternenzelt
Geht durch die stille Mitternacht.
Der Knab aus Träumen wirr erwacht,
Sein Antlitz grau im Mond verfällt.

Die Närrin weint mit offnem Haar
Am Fenster, das vergittert starrt.
Im Teich vorbei auf süßer Fahrt
Ziehn Liebende sehr wunderbar.

Der Mörder lächelt bleich im Wein,
Die Kranken Todesgrausen packt.
Die Nonne betet wund und nackt
Vor des Heilands Kreuzespein.

Die Mutter leis' im Schlafe singt.
Sehr friedlich schaut zur Nacht das Kind
Mit Augen, die ganz wahrhaft sind.
Im Hurenhaus Gelächter klingt.

Beim Talglicht drunt' im Kellerloch
Der Tote malt mit weißer Hand
Ein grinsend Schweigen an die Wand.
Der Schläfer flüstert immer noch.

TRAUM DES BÖSEN

Die Raben

Über den schwarzen Winkel hasten
Am Mittag die Raben mit hartem Schrei.
Ihr Schatten streift an der Hirschkuh vorbei
Und manchmal sieht man sie mürrisch rasten.

O wie sie die braune Stille stören,
In der ein Acker sich verzückt,
Wie ein Weib, das schwere Ahnung berückt,
Und manchmal kann man sie keifen hören

Um ein Aas, das sie irgendwo wittern,
Und plötzlich richten nach Nord sie den Flug
Und schwinden wie ein Leichenzug
In Lüften, die von Wollust zittern.

Die Bauern

Vorm Fenster tönendes Grün und Rot.
Im schwarzverräucherten, niederen Saal
Sitzen die Knechte und Mägde beim Mahl;
Und sie schenken den Wein und sie brechen das Brot.

Im tiefen Schweigen der Mittagszeit
Fällt bisweilen ein karges Wort.
Die Äcker flimmern in einem fort
Und der Himmel bleiern und weit.

Fratzenhaft flackert im Herd die Glut
Und ein Schwarm von Fliegen summt.
Die Mägde lauschen blöd und verstummt
Und ihre Schläfen hämmert das Blut.

Und manchmal treffen sich Blicke voll Gier,
Wenn tierischer Dunst die Stube durchweht.
Eintönig spricht ein Knecht das Gebet
Und ein Hahn kräht unter der Tür.

Und wieder ins Feld. Ein Grauen packt
Sie oft im tosenden Ährengebraus
Und klirrend schwingen ein und aus
Die Sensen geisterhaft im Takt.

Die schöne Stadt

Alte Plätze sonnig schweigen.
Tief in Blau und Gold versponnen
Traumhaft hasten sanfte Nonnen
Unter schwüler Buchen Schweigen.

Aus den braun erhellten Kirchen
Schaun des Todes reine Bilder,
Großer Fürsten schöne Schilder.
Kronen schimmern in den Kirchen.

Rösser tauchen aus dem Brunnen.
Blütenkrallen drohn aus Bäumen.
Knaben spielen wirr von Träumen
Abends leise dort am Brunnen.

Mädchen stehen an den Toren,
Schauen scheu ins farbige Leben.
Ihre feuchten Lippen beben
Und sie warten an den Toren.

Zitternd flattern Glockenklänge,
Marschtakt hallt und Wacherufen.
Fremde lauschen auf den Stufen.
Hoch im Bau sind Orgelklänge.

Helle Instrumente singen.
Durch der Gärten Blätterrahmen
Schwirrt das Lachen schöner Damen.
Leise junge Mütter singen.

Heimlich haucht an blumigen Fenstern
Duft von Weihrauch, Teer und Flieder.
Silbern flimmern müde Lider
Durch die Blumen an den Fenstern.

Traum des Bösen

Verhallend eines Gongs braungoldne Klänge –
Ein Liebender erwacht in schwarzen Zimmern
Die Wang' an Flammen, die im Fenster flimmern.
Am Strome blitzen Segel, Masten, Stränge.

Ein Mönch, ein schwangres Weib dort im Gedränge.
Guitarren klimpern, rote Kittel schimmern.
Kastanien schwül in goldnem Glanz verkümmern;
Schwarz ragt der Kirchen trauriges Gepränge.

Aus bleichen Masken schaut der Geist des Bösen.
Ein Platz verdämmert grauenvoll und düster;
Am Abend regt auf Inseln sich Geflüster.

Des Vogelfluges wirre Zeichen lesen
Aussätzige, die zur Nacht vielleicht verwesen.
Im Park erblicken zitternd sich Geschwister.

In der Heimat

Resedenduft durchs kranke Fenster irrt;
Ein alter Platz, Kastanien schwarz und wüst.
Das Dach durchbricht ein goldener Strahl und fließt
Auf die Geschwister traumhaft und verwirrt.

Im Spülicht treibt Verfallnes, leise girrt
Der Föhn im braunen Gärtchen; sehr still genießt
Ihr Gold die Sonnenblume und zerfließt.
Durch blaue Luft der Ruf der Wache klirrt.

Resedenduft. Die Mauern dämmern kahl.
Der Schwester Schlaf ist schwer. Der Nachtwind wühlt
In ihrem Haar, das mondner Glanz umspült.

Der Katze Schatten gleitet blau und schmal
Vom morschen Dach, das nahes Unheil säumt,
Die Kerzenflamme, die sich purpurn bäumt.

In den Nachmittag geflüstert

Sonne, herbstlich dünn und zag,
Und das Obst fällt von den Bäumen.
Stille wohnt in blauen Räumen
Einen langen Nachmittag.

Sterbeklänge von Metall;
Und ein weißes Tier bricht nieder.
Brauner Mädchen rauhe Lieder
Sind verweht im Blätterfall.

Stirne Gottes Farben träumt,
Spürt des Wahnsinns sanfte Flügel.
Schatten drehen sich am Hügel
Von Verwesung schwarz umsäumt.

Dämmerung voll Ruh und Wein;
Traurige Guitarren rinnen.
Und zur milden Lampe drinnen
Kehrst du wie im Traume ein.

Menschliches Elend

Die Uhr, die vor der Sonne fünfe schlägt –
Einsame Menschen packt ein dunkles Grausen,
Im Abendgarten kahle Bäume sausen.
Des Toten Antlitz sich am Fenster regt.

Vielleicht, daß diese Stunde stille steht.
Vor trüben Augen blaue Bilder gaukeln
Im Takt der Schiffe, die am Flusse schaukeln.
Am Kai ein Schwesternzug vorüberweht.

Im Hasel spielen Mädchen blaß und blind,
Wie Liebende, die sich im Schlaf umschlingen.
Vielleicht, daß um ein Aas dort Fliegen singen,
Vielleicht auch weint im Mutterschoß ein Kind.

Aus Händen sinken Astern blau und rot,
Des Jünglings Mund entgleitet fremd und weise;
Und Lider flattern angstverwirrt und leise;
Durch Fieberschwärze weht ein Duft von Brot.

Es scheint, man hört auch gräßliches Geschrei;
Gebeine durch verfallne Mauern schimmern.
Ein böses Herz lacht laut in schönen Zimmern;
An einem Träumer läuft ein Hund vorbei.

Ein leerer Sarg im Dunkel sich verliert.
Dem Mörder will ein Raum sich bleich erhellen,
Indes Laternen nachts im Sturm zerschellen.
Des Edlen weiße Schläfe Lorbeer ziert.

Drei Blicke in einen Opal

1

Blick in Opal: ein Dorf umkränzt von dürrem Wein,
Der Stille grauer Wolken, gelber Felsenhügel
Und abendlicher Quellen Kühle: Zwillingsspiegel
Umrahmt von Schatten und von schleimigem Gestein.

Des Herbstes Weg und Kreuze gehn in Abend ein,
Singende Pilger und die blutbefleckten Linnen.
Des Einsamen Gestalt kehrt also sich nach innen
Und geht, ein bleicher Engel, durch den leeren Hain.

Aus Schwarzem bläst der Föhn. Mit Satyrn im Verein
Sind schlanke Weiblein; Mönche der Wollust bleiche Priester,
Ihr Wahnsinn schmückt mit Lilien sich schön und düster
Und hebt die Hände auf zu Gottes goldenem Schrein.

2

Der ihn befeuchtet, rosig hängt ein Tropfen Tau
Im Rosmarin: hinfließt ein Hauch von Grabgerüchen,
Spitälern, wirr erfüllt von Fieberschrein und Flüchen.
Gebein steigt aus dem Erbbegräbnis morsch und grau.

In blauem Schleim und Schleiern tanzt des Greisen Frau,
Das schmutzstarrende Haar erfüllt von schwarzen Tränen,
Die Knaben träumen wirr in dürren Weidensträhnen
Und ihre Stirnen sind von Aussatz kahl und rauh.

Durchs Bogenfenster sinkt ein Abend lind und lau.
Ein Heiliger tritt aus seinen schwarzen Wundenmalen.
Die Purpurschnecken kriechen aus zerbrochenen Schalen
Und speien Blut in Dorngewinde starr und grau.

3

Die Blinden streuen in eiternde Wunden Weiherauch.
Rotgoldene Gewänder; Fackeln; Psalmensingen;
Und Mädchen, die wie Gift den Leib des Herrn umschlingen.
Gestalten schreiten wächsernstarr durch Glut und Rauch.

Aussätziger mitternächtigen Tanz führt an ein Gauch
Dürrknöchern. Garten wunderlicher Abenteuer;
Verzerrtes; Blumenfratzen, Lachen; Ungeheuer
Und rollendes Gestirn im schwarzen Dornenstrauch.

O Armut, Bettelsuppe, Brot und süßer Lauch;
Des Lebens Träumerei in Hütten vor den Wäldern.
Grau härtet sich der Himmel über gelben Feldern
Und eine Abendglocke singt nach altem Brauch.

DE PROFUNDIS

Trübsinn

Weltunglück geistert durch den Nachmittag.
Baraken fliehn durch Gärtchen braun und wüst.
Lichtschnuppen gaukeln um verbrannten Mist,
Zwei Schläfer schwanken heimwärts, grau und vag.

Auf der verdorrten Wiese läuft ein Kind
Und spielt mit seinen Augen schwarz und glatt.
Das Gold tropft von den Büschen trüb und matt.
Ein alter Mann dreht traurig sich im Wind.

Am Abend wieder über meinem Haupt
Saturn lenkt stumm ein elendes Geschick.
Ein Baum, ein Hund tritt hinter sich zurück
Und schwarz schwankt Gottes Himmel und entlaubt.

Ein Fischlein gleitet schnell hinab den Bach;
Und leise rührt des toten Freundes Hand
Und glättet liebend Stirne und Gewand.
Ein Licht ruft Schatten in den Zimmern wach.

Psalm

Es ist ein Licht, das der Wind ausgelöscht hat.
Es ist ein Heidekrug, den am Nachmittag ein Betrunkener verläßt.
Es ist ein Weinberg, verbrannt und schwarz mit Löchern voll Spinnen.
Es ist ein Raum, den sie mit Milch getüncht haben.
Der Wahnsinnige ist gestorben. Es ist eine Insel der Südsee,
Den Sonnengott zu empfangen. Man rührt die Trommeln.
Die Männer führen kriegerische Tänze auf.
Die Frauen wiegen die Hüften in Schlinggewächsen und Feuerblumen,
Wenn das Meer singt. O unser verlorenes Paradies.

Die Nymphen haben die goldenen Wälder verlassen.
Man begräbt den Fremden. Dann hebt ein Flimmerregen an.
Der Sohn des Pan erscheint in Gestalt eines Erdarbeiters,
Der den Mittag am glühenden Asphalt verschläft.
Es sind kleine Mädchen in einem Hof in Kleidchen voll herzzerreißender Armut!
Es sind Zimmer, erfüllt von Akkorden und Sonaten.
Es sind Schatten, die sich vor einem erblindeten Spiegel umarmen.
An den Fenstern des Spitals wärmen sich Genesende.
Ein weißer Dampfer am Kanal trägt blutige Seuchen herauf.

Die fremde Schwester erscheint wieder in jemands bösen Träumen.
Ruhend im Haselgebüsch spielt sie mit seinen Sternen.
Der Student, vielleicht ein Doppelgänger, schaut ihr lange vom Fenster nach.
Hinter ihm steht sein toter Bruder, oder er geht die alte Wendeltreppe herab.
Im Dunkel brauner Kastanien verblaßt die Gestalt des jungen Novizen.

Der Garten ist im Abend. Im Kreuzgang flattern die
Fledermäuse umher.
Die Kinder des Hausmeisters hören zu spielen auf und suchen
das Gold des Himmels.
Endakkorde eines Quartetts. Die kleine Blinde läuft zitternd
durch die Allee,
Und später tastet ihr Schatten an kalten Mauern hin, umgeben
von Märchen und heiligen Legenden.

Es ist ein leeres Boot, das am Abend den schwarzen Kanal
heruntertreibt.
In der Düsternis des alten Asyls verfallen menschliche Ruinen.
Die toten Waisen liegen an der Gartenmauer.
Aus grauen Zimmern treten Engel mit kotgefleckten Flügeln.
Würmer tropfen von ihren vergilbten Lidern.
Der Platz vor der Kirche ist finster und schweigsam, wie in den
Tagen der Kindheit.
Auf silbernen Sohlen gleiten frühere Leben vorbei
Und die Schatten der Verdammten steigen zu den seufzenden
Wassern nieder.
In seinem Grab spielt der weiße Magier mit seinen Schlangen.

Schweigsam über der Schädelstätte öffnen sich Gottes goldene
Augen.

Menschheit

Menschheit vor Feuerschlünden aufgestellt,
Ein Trommelwirbel, dunkler Krieger Stirnen,
Schritte durch Blutnebel; schwarzes Eisen schellt,
Verzweiflung, Nacht in traurigen Gehirnen:
Hier Evas Schatten, Jagd und rotes Geld.
Gewölk, das Licht durchbricht, das Abendmahl.
Es wohnt in Brot und Wein ein sanftes Schweigen
Und jene sind versammelt zwölf an Zahl.
Nachts schrein im Schlaf sie unter Ölbaumzweigen;
Sankt Thomas taucht die Hand ins Wundenmal.

Allerseelen

Die Männlein, Weiblein, traurige Gesellen,
Sie streuen heute Blumen blau und rot
Auf ihre Grüfte, die sich zag erhellen.
Sie tun wie arme Puppen vor dem Tod.

O! wie sie hier voll Angst und Demut scheinen,
Wie Schatten hinter schwarzen Büschen stehn.
Im Herbstwind klagt der Ungebornen Weinen,
Auch sieht man Lichter in der Irre gehn.

Das Seufzen Liebender haucht in Gezweigen
Und dort verwest die Mutter mit dem Kind.
Unwirklich scheinet der Lebendigen Reigen
Und wunderlich zerstreut im Abendwind.

Ihr Leben ist so wirr, voll trüber Plagen.
Erbarm' dich Gott der Frauen Höll' und Qual,
Und dieser hoffnungslosen Todesklagen.
Einsame wandeln still im Sternensaal.

Im Herbst

Die Sonnenblumen leuchten am Zaun,
Still sitzen Kranke im Sonnenschein.
Im Acker mühn sich singend die Frau'n,
Die Klosterglocken läuten darein.

Die Vögel sagen dir ferne Mär',
Die Klosterglocken läuten darein.
Vom Hof tönt sanft die Geige her.
Heut keltern sie den braunen Wein.

Da zeigt der Mensch sich froh und lind.
Heut keltern sie den braunen Wein.
Weit offen die Totenkammern sind
Und schön bemalt vom Sonnenschein.

Im Winter

Der Acker leuchtet weiß und kalt.
Der Himmel ist einsam und ungeheuer.
Dohlen kreisen über dem Weiher
Und Jäger steigen nieder vom Wald.

Ein Schweigen in schwarzen Wipfeln wohnt.
Ein Feuerschein huscht aus den Hütten.
Bisweilen schellt sehr fern ein Schlitten
Und langsam steigt der graue Mond.

Ein Wild verblutet sanft am Rain
Und Raben plätschern in blutigen Gossen.
Das Rohr bebt gelb und aufgeschossen.
Frost, Rauch, ein Schritt im leeren Hain.

De Profundis

Es ist ein Stoppelfeld, in das ein schwarzer Regen fällt.
Es ist ein brauner Baum, der einsam dasteht.
Es ist ein Zischelwind, der leere Hütten umkreist.
Wie traurig dieser Abend.

Am Weiler vorbei
Sammelt die sanfte Waise noch spärliche Ähren ein.
Ihre Augen weiden rund und goldig in der Dämmerung
Und ihr Schoß harrt des himmlischen Bräutigams.

Bei der Heimkehr
Fanden die Hirten den süßen Leib
Verwest im Dornenbusch.

Ein Schatten bin ich ferne finsteren Dörfern.
Gottes Schweigen
Trank ich aus dem Brunnen des Hains.

Auf meine Stirne tritt kaltes Metall
Spinnen suchen mein Herz.
Es ist ein Licht, das in meinem Mund erlöscht.

Nachts fand ich mich auf einer Heide,
Starrend von Unrat und Staub der Sterne.
Im Haselgebüsch
Klangen wieder kristallne Engel.

Trompeten

Unter verschnittenen Weiden, wo braune Kinder spielen
Und Blätter treiben, tönen Trompeten. Ein Kirchhofsschauer.
Fahnen von Scharlach stürzen durch des Ahorns Trauer
Reiter entlang an Roggenfeldern, leeren Mühlen.

Oder Hirten singen nachts und Hirsche treten
In den Kreis ihrer Feuer, des Hains uralte Trauer,
Tanzende heben sich von einer schwarzen Mauer;
Fahnen von Scharlach, Lachen, Wahnsinn, Trompeten.

Abendlied

Am Abend, wenn wir auf dunklen Pfaden gehn,
Erscheinen unsere bleichen Gestalten vor uns.

Wenn uns dürstet,
Trinken wir die weißen Wasser des Teichs,
Die Süße unserer traurigen Kindheit.

Erstorbene ruhen wir unterm Hollundergebüsch,
Schaun den grauen Möven zu.

Frühlingsgewölke steigen über die finstere Stadt,
Die der Mönche edlere Zeiten schweigt.

Da ich deine schmalen Hände nahm
Schlugst du leise die runden Augen auf,
Dieses ist lange her.

Doch wenn dunkler Wohllaut die Seele heimsucht,
Erscheinst du Weiße in des Freundes herbstlicher
Landschaft.

Nachtlied

Des Unbewegten Odem. Ein Tiergesicht
Erstarrt vor Bläue, ihrer Heiligkeit.
Gewaltig ist das Schweigen im Stein;

Die Maske eines nächtlichen Vogels. Sanfter Dreiklang
Verklingt in einem. Elai! dein Antlitz
Beugt sich sprachlos über bläuliche Wasser.

O! ihr stillen Spiegel der Wahrheit.
An des Einsamen elfenbeinerner Schläfe
Erscheint der Abglanz gefallener Engel.

Rosenkranzlieder

1 *An die Schwester*

Wo du gehst wird Herbst und Abend,
Blaues Wild, das unter Bäumen tönt,
Einsamer Weiher am Abend.

Leise der Flug der Vögel tönt,
Die Schwermut über deinen Augenbogen.
Dein schmales Lächeln tönt.

Gott hat deine Lider verbogen.
Sterne suchen nachts, Karfreitagskind,
Deinen Stirnenbogen.

2 *Nähe des Todes*

O der Abend, der in die finsteren Dörfer der Kindheit geht.
Der Weiher unter den Weiden
Füllt sich mit den verpesteten Seufzern der Schwermut.

O der Wald, der leise die braunen Augen senkt,
Da aus des Einsamen knöchernen Händen
Der Purpur seiner verzückten Tage hinsinkt.

O die Nähe des Todes. Laß uns beten.
In dieser Nacht lösen auf lauen Kissen
Vergilbt von Weihrauch sich der Liebenden schmächtige
  Glieder.

3 *Amen*

Verwestes gleitend durch die morsche Stube;
Schatten an gelben Tapeten; in dunklen Spiegeln wölbt
Sich unserer Hände elfenbeinerne Traurigkeit.

Braune Perlen rinnen durch die erstorbenen Finger.
In der Stille
Tun sich eines Engels blaue Mohnaugen auf.

Blau ist auch der Abend;
Die Stunde unseres Absterbens, Azraels Schatten,
Der ein braunes Gärtchen verdunkelt.

Helian

In den einsamen Stunden des Geistes
Ist es schön, in der Sonne zu gehn
An den gelben Mauern des Sommers hin.
Leise klingen die Schritte im Gras; doch immer schläft
Der Sohn des Pan im grauen Marmor.

Abends auf der Terrasse betranken wir uns mit braunem Wein.
Rötlich glüht der Pfirsich im Laub;
Sanfte Sonate, frohes Lachen.

Schön ist die Stille der Nacht.
Auf dunklem Plan
Begegnen wir uns mit Hirten und weißen Sternen.

Wenn es Herbst geworden ist
Zeigt sich nüchterne Klarheit im Hain.
Besänftigte wandeln wir an roten Mauern hin
Und die runden Augen folgen dem Flug der Vögel.
Am Abend sinkt das weiße Wasser in Graburnen.

In kahlen Gezweigen feiert der Himmel.
In reinen Händen trägt der Landmann Brot und Wein
Und friedlich reifen die Früchte in sonniger Kammer.

O wie ernst ist das Antlitz der teueren Toten.
Doch die Seele erfreut gerechtes Anschaun.

*

Gewaltig ist das Schweigen des verwüsteten Gartens,
Da der junge Novize die Stirne mit braunem Laub bekränzt,
Sein Odem eisiges Gold trinkt.

Die Hände rühren das Alter bläulicher Wasser
Oder in kalter Nacht die weißen Wangen der Schwestern.

Leise und harmonisch ist ein Gang an freundlichen Zimmern
hin,
Wo Einsamkeit ist und das Rauschen des Ahorns,
Wo vielleicht noch die Drossel singt.

Schön ist der Mensch und erscheinend im Dunkel,
Wenn er staunend Arme und Beine bewegt,
Und in purpurnen Höhlen stille die Augen rollen.

Zur Vesper verliert sich der Fremdling in schwarzer November-
zerstörung,
Unter morschem Geäst, an Mauern voll Aussatz hin,
Wo vordem der heilige Bruder gegangen,
Versunken in das sanfte Saitenspiel seines Wahnsinns,

O wie einsam endet der Abendwind.
Ersterbend neigt sich das Haupt im Dunkel des Ölbaums.

*

Erschütternd ist der Untergang des Geschlechts.
In dieser Stunde füllen sich die Augen des Schauenden
Mit dem Gold seiner Sterne.

Am Abend versinkt ein Glockenspiel, das nicht mehr tönt,
Verfallen die schwarzen Mauern am Platz,
Ruft der tote Soldat zum Gebet.

Ein bleicher Engel
Tritt der Sohn ins leere Haus seiner Väter.

Die Schwestern sind ferne zu weißen Greisen gegangen.
Nachts fand sie der Schläfer unter den Säulen im Hausflur,
Zurückgekehrt von traurigen Pilgerschaften.

O wie starrt von Kot und Würmern ihr Haar,
Da er darein mit silbernen Füßen steht,
Und jene verstorben aus kahlen Zimmern treten.

O ihr Psalmen in feurigen Mitternachtsregen,
Da die Knechte mit Nesseln die sanften Augen schlugen,
Die kindlichen Früchte des Hollunders
Sich staunend neigen über ein leeres Grab.

Leise rollen vergilbte Monde
Über die Fieberlinnen des Jünglings,
Eh dem Schweigen des Winters folgt.

*

Ein erhabenes Schicksal sinnt den Kidron hinab,
Wo die Zeder, ein weiches Geschöpf,
Sich unter den blauen Brauen des Vaters entfaltet,
Über die Weide nachts ein Schäfer seine Herde führt.
Oder es sind Schreie im Schlaf,
Wenn ein eherner Engel im Hain den Menschen antritt,
Das Fleisch des Heiligen auf glühendem Rost hinschmilzt.

Um die Lehmhütten rankt purpurner Wein,
Tönende Bündel vergilbten Korns,
Das Summen der Bienen, der Flug des Kranichs.
Am Abend begegnen sich Auferstandene auf Felsenpfaden.

In schwarzen Wassern spiegeln sich Aussätzige;
Oder sie öffnen die kotbefleckten Gewänder
Weinend dem balsamischen Wind, der vom rosigen Hügel weht.

Schlanke Mägde tasten durch die Gassen der Nacht,
Ob sie den liebenden Hirten fänden.
Sonnabends tönt in den Hütten sanfter Gesang.

Lasset das Lied auch des Knaben gedenken,
Seines Wahnsinns, und weißer Brauen und seines Hingangs,
Des Verwesten, der bläulich die Augen aufschlägt.
O wie traurig ist dieses Wiedersehn.

*

Die Stufen des Wahnsinns in schwarzen Zimmern,
Die Schatten der Alten unter der offenen Tür,
Da Helians Seele sich im rosigen Spiegel beschaut
Und Schnee und Aussatz von seiner Stirne sinken.

An den Wänden sind die Sterne erloschen
Und die weißen Gestalten des Lichts.

Dem Teppich entsteigt Gebein der Gräber,
Das Schweigen verfallener Kreuze am Hügel,
Des Weihrauchs Süße im purpurnen Nachtwind.

O ihr zerbrochenen Augen in schwarzen Mündern,
Da der Enkel in sanfter Umnachtung
Einsam dem dunkleren Ende nachsinnt,
Der stille Gott die blauen Lider über ihn senkt.

SEBASTIAN IM TRAUM

Kindheit

Voll Früchten der Hollunder; ruhig wohnte die Kindheit
In blauer Höhle. Über vergangenen Pfad,
Wo nun bräunlich das wilde Gras saust,
Sinnt das stille Geäst; das Rauschen des Laubs

Ein gleiches, wenn das blaue Wasser im Felsen tönt.
Sanft ist der Amsel Klage. Ein Hirt
Folgt sprachlos der Sonne, die vom herbstlichen Hügel rollt.

Ein blauer Augenblick ist nur mehr Seele.
Am Waldsaum zeigt sich ein scheues Wild und friedlich
Ruhn im Grund die alten Glocken und finsteren Weiler.

Frömmer kennst du den Sinn der dunklen Jahre,
Kühle und Herbst in einsamen Zimmern;
Und in heiliger Bläue läuten leuchtende Schritte fort.

Leise klirrt ein offenes Fenster; zu Tränen
Rührt der Anblick des verfallenen Friedhofs am Hügel,
Erinnerung an erzählte Legenden; doch manchmal erhellt sich die Seele,
Wenn sie frohe Menschen denkt, dunkelgoldene Frühlingstage.

Unterwegs

Am Abend trugen sie den Fremden in die Totenkammer;
Ein Duft von Teer; das leise Rauschen roter Platanen;
Der dunkle Flug der Dohlen; am Platz zog eine Wache auf.
Die Sonne ist in schwarze Linnen gesunken; immer wieder
kehrt dieser vergangene Abend.
Im Nebenzimmer spielt die Schwester eine Sonate von
Schubert.
Sehr leise sinkt ihr Lächeln in den verfallenen Brunnen,
Der bläulich in der Dämmerung rauscht. O, wie alt ist unser
Geschlecht.
Jemand flüstert drunten im Garten; jemand hat diesen
schwarzen Himmel verlassen.
Auf der Kommode duften Äpfel. Großmutter zündet goldene
Kerzen an.

O, wie mild ist der Herbst. Leise klingen unsere Schritte im
alten Park
Unter hohen Bäumen. O, wie ernst ist das hyazinthene Antlitz
der Dämmerung.
Der blaue Quell zu deinen Füßen, geheimnisvoll die rote Stille
deines Munds,
Umdüstert vom Schlummer des Laubs, dem dunklen Gold
verfallener Sonnenblumen.
Deine Lider sind schwer von Mohn und träumen leise auf
meiner Stirne.
Sanfte Glocken durchzittern die Brust. Eine blaue Wolke
Ist dein Antlitz auf mich gesunken in der Dämmerung.

Ein Lied zur Guitarre, das in einer fremden Schenke erklingt,
Die wilden Hollunderbüsche dort, ein lang vergangener
Novembertag,
Vertraute Schritte auf der dämmernden Stiege, der Anblick
gebräunter Balken,

Ein offenes Fenster, an dem ein süßes Hoffen zurückblieb –
Unsäglich ist das alles, o Gott, daß man erschüttert ins Knie
bricht.

O, wie dunkel ist diese Nacht. Eine purpurne Flamme
Erlosch an meinem Mund. In der Stille
Erstirbt der bangen Seele einsames Saitenspiel.
Laß, wenn trunken von Wein das Haupt in die Gosse sinkt.

Landschaft

Septemberabend; traurig tönen die dunklen Rufe der Hirten
Durch das dämmernde Dorf; Feuer sprüht in der Schmiede.
Gewaltig bäumt sich ein schwarzes Pferd; die hyazinthenen
   Locken der Magd
Haschen nach der Inbrunst seiner purpurnen Nüstern.
Leise erstarrt am Saum des Waldes der Schrei der Hirschkuh
Und die gelben Blumen des Herbstes
Neigen sich sprachlos über das blaue Antlitz des Teichs.
In roter Flamme verbrannte ein Baum; aufflattern mit dunklen
   Gesichtern die Fledermäuse.

An den Knaben Elis

Elis, wenn die Amsel im schwarzen Wald ruft,
Dieses ist dein Untergang.
Deine Lippen trinken die Kühle des blauen Felsenquells.

Laß, wenn deine Stirne leise blutet
Uralte Legenden
Und dunkle Deutung des Vogelflugs.

Du aber gehst mit weichen Schritten in die Nacht,
Die voll purpurner Trauben hängt,
Und du regst die Arme schöner im Blau.

Ein Dornenbusch tönt,
Wo deine mondenen Augen sind.
O, wie lange bist, Elis, du verstorben.

Dein Leib ist eine Hyazinthe,
In die ein Mönch die wächsernen Finger taucht.
Eine schwarze Höhle ist unser Schweigen,

Daraus bisweilen ein sanftes Tier tritt
Und langsam die schweren Lider senkt.
Auf deine Schläfen tropft schwarzer Tau,

Das letzte Gold verfallener Sterne.

Elis

1

Vollkommen ist die Stille dieses goldenen Tags.
Unter alten Eichen
Erscheinst du, Elis, ein Ruhender mit runden Augen.

Ihre Bläue spiegelt den Schlummer der Liebenden.
An deinem Mund
Verstummten ihre rosigen Seufzer.

Am Abend zog der Fischer die schweren Netze ein.
Ein guter Hirt
Führt seine Herde am Waldsaum hin.
O! wie gerecht sind, Elis, alle deine Tage.

Leise sinkt
An kahlen Mauern des Ölbaums blaue Stille,
Erstirbt eines Greisen dunkler Gesang.

Ein goldener Kahn
Schaukelt, Elis, dein Herz am einsamen Himmel.

2

Ein sanftes Glockenspiel tönt in Elis' Brust
Am Abend,
Da sein Haupt ins schwarze Kissen sinkt.

Ein blaues Wild
Blutet leise im Dornengestrüpp.

Ein brauner Baum steht abgeschieden da;
Seine blauen Früchte fielen von ihm.

Zeichen und Sterne
Versinken leise im Abendweiher.

Hinter dem Hügel ist es Winter geworden.

Blaue Tauben
Trinken nachts den eisigen Schweiß,
Der von Elis' kristallener Stirne rinnt.

Immer tönt
An schwarzen Mauern Gottes einsamer Wind.

Hohenburg

Es ist niemand im Haus. Herbst in Zimmern;
Mondeshelle Sonate
Und das Erwachen am Saum des dämmernden Walds.

Immer denkst du das weiße Antlitz des Menschen
Ferne dem Getümmel der Zeit;
Über ein Träumendes neigt sich gerne grünes Gezweig,

Kreuz und Abend;
Umfängt den Tönenden mit purpurnen Armen sein Stern,
Der zu unbewohnten Fenstern hinaufsteigt.

Also zittert im Dunkel der Fremdling,
Da er leise die Lider über ein Menschliches aufhebt,
Das ferne ist; die Silberstimme des Windes im Hausflur.

Am Moor

Wanderer im schwarzen Wind; leise flüstert das dürre Rohr
In der Stille des Moors. Am grauen Himmel
Ein Zug von wilden Vögeln folgt;
Quere über finsteren Wassern.

Aufruhr. In verfallener Hütte
Aufflattert mit schwarzen Flügeln die Fäulnis;
Verkrüppelte Birken seufzen im Wind.

Abend in verlassener Schenke. Den Heimweg umwittert
Die sanfte Schwermut grasender Herden,
Erscheinung der Nacht: Kröten tauchen aus silbernen Wassern.

Kaspar Hauser Lied

Er wahrlich liebte die Sonne, die purpurn den Hügel hinabstieg,
Die Wege des Walds, den singenden Schwarzvogel
Und die Freude des Grüns.

Ernsthaft war sein Wohnen im Schatten des Baums
Und rein sein Antlitz.
Gott sprach eine sanfte Flamme zu seinem Herzen:
O Mensch!

Stille fand sein Schritt die Stadt am Abend;
Die dunkle Klage seines Munds:
Ich will ein Reiter werden.

Ihm aber folgte Busch und Tier,
Haus und Dämmergarten weißer Menschen
Und sein Mörder suchte nach ihm.

Frühling und Sommer und schön der Herbst
Des Gerechten, sein leiser Schritt
An den dunklen Zimmern Träumender hin.
Nachts blieb er mit seinem Stern allein;

Sah, daß Schnee fiel in kahles Gezweig
Und im dämmernden Hausflur den Schatten des Mörders.

Silbern sank des Ungebornen Haupt hin.

Sebastian im Traum

I

Mutter trug das Kindlein im weißen Mond,
Im Schatten des Nußbaums, uralten Hollunders,
Trunken vom Safte des Mohns, der Klage der Drossel;
Und stille
Neigte in Mitleid sich über jene ein bärtiges Antlitz

Leise im Dunkel des Fensters; und altes Hausgerät
Der Väter
Lag im Verfall; Liebe und herbstliche Träumerei.

Also dunkel der Tag des Jahrs, traurige Kindheit,
Da der Knabe leise zu kühlen Wassern, silbernen Fischen
hinabstieg,
Ruh und Antlitz;
Da er steinern sich vor rasende Rappen warf,
In grauer Nacht sein Stern über ihn kam;

Oder wenn er an der frierenden Hand der Mutter
Abends über Sankt Peters herbstlichen Friedhof ging,
Ein zarter Leichnam stille im Dunkel der Kammer lag
Und jener die kalten Lider über ihn aufhob.

Er aber war ein kleiner Vogel im kahlen Geäst,
Die Glocke lang im Abendnovember,
Des Vaters Stille, da er im Schlaf die dämmernde Wendel-
treppe hinabstieg.

2

Frieden der Seele. Einsamer Winterabend,
Die dunklen Gestalten der Hirten am alten Weiher;
Kindlein in der Hütte von Stroh; o wie leise
Sank in schwarzem Fieber das Antlitz hin.
Heilige Nacht.

Oder wenn er an der harten Hand des Vaters
Stille den finstern Kalvarienberg hinanstieg
Und in dämmernden Felsennischen
Die blaue Gestalt des Menschen durch seine Legende ging,
Aus der Wunde unter dem Herzen purpurn das Blut rann.
O wie leise stand in dunkler Seele das Kreuz auf.

Liebe; da in schwarzen Winkeln der Schnee schmolz,
Ein blaues Lüftchen sich heiter im alten Hollunder fing,
In dem Schattengewölbe des Nußbaums;
Und dem Knaben leise sein rosiger Engel erschien.

Freude; da in kühlen Zimmern eine Abendsonate erklang,
Im braunen Holzgebälk
Ein blauer Falter aus der silbernen Puppe kroch.

O die Nähe des Todes. In steinerner Mauer
Neigte sich ein gelbes Haupt, schweigend das Kind,
Da in jenem März der Mond verfiel.

3

Rosige Osterglocke im Grabgewölbe der Nacht
Und die Silberstimmen der Sterne,
Daß in Schauern ein dunkler Wahnsinn von der Stirne des Schläfers sank.

O wie stille ein Gang den blauen Fluß hinab
Vergessenes sinnend, da im grünen Geäst
Die Drossel ein Fremdes in den Untergang rief.

Oder wenn er an der knöchernen Hand des Greisen
Abends vor die verfallene Mauer der Stadt ging
Und jener in schwarzem Mantel ein rosiges Kindlein trug,
Im Schatten des Nußbaums der Geist des Bösen erschien.

Tasten über die grünen Stufen des Sommers. O wie leise
Verfiel der Garten in der braunen Stille des Herbstes,
Duft und Schwermut des alten Hollunders,
Da in Sebastians Schatten die Silberstimme des Engels erstarb.

Verwandlung des Bösen

Herbst: schwarzes Schreiten am Waldsaum; Minute stummer Zerstörung; auflauscht die Stirne des Aussätzigen unter dem kahlen Baum. Langvergangener Abend, der nun über die Stufen von Moos sinkt; November. Eine Glocke läutet und der Hirt führt eine Herde von schwarzen und roten Pferden ins Dorf. Unter dem Haselgebüsch weidet der grüne Jäger ein Wild aus. Seine Hände rauchen von Blut und der Schatten des Tiers seufzt im Laub über den Augen des Mannes, braun und schweigsam; der Wald. Krähen, die sich zerstreuen; drei. Ihr Flug gleicht einer Sonate, voll verblichener Akkorde und männlicher Schwermut; leise löst sich eine goldene Wolke auf. Bei der Mühle zünden Knaben ein Feuer an. Flamme ist des Bleichsten Bruder und jener lacht vergraben in sein purpurnes Haar; oder es ist ein Ort des Mordes, an dem ein steiniger Weg vorbeiführt. Die Berberitzen sind verschwunden, jahrlang träumt es in bleierner Luft unter den Föhren; Angst, grünes Dunkel, das Gurgeln eines Ertrinkenden: aus dem Sternenweiher zieht der Fischer einen großen, schwarzen Fisch, Antlitz voll Grausamkeit und Irrsinn. Die Stimmen des Rohrs, hadernder Männer im Rücken schaukelt jener auf rotem Kahn über frierende Herbstwasser, lebend in dunklen Sagen seines Geschlechts und die Augen steinern über Nächte und jungfräuliche Schrecken aufgetan. Böse.

Was zwingt dich still zu stehen auf der verfallenen Stiege, im Haus deiner Väter? Bleierne Schwärze. Was hebst du mit silberner Hand an die Augen; und die Lider sinken wie trunken von Mohn? Aber durch die Mauer von Stein siehst du den Sternenhimmel, die Milchstraße, den Saturn; rot. Rasend an die Mauer von Stein klopft der kahle Baum. Du auf verfallenen Stufen: Baum, Stern, Stein! Du, ein blaues Tier, das leise zittert; du, der bleiche Priester, der es hinschlachtet am schwarzen Altar. O dein Lächeln im Dunkel, traurig und böse, daß ein Kind im Schlaf erbleicht. Eine rote Flamme sprang aus deiner Hand und ein Nachtfalter verbrannte daran. O die Flöte des Lichts; o die Flöte des Tods. Was zwang dich still zu stehen auf verfallener Stiege, im Haus deiner Väter? Drunten ans Tor klopft ein Engel mit kristallnem Finger.

O die Hölle des Schlafs; dunkle Gasse, braunes Gärtchen. Leise läutet im blauen Abend der Toten Gestalt. Grüne Blümchen umgaukeln sie und ihr Antlitz hat sie verlassen. Oder es neigt sich verblichen über die kalte Stirne des Mörders im Dunkel des Hausflurs; Anbetung, purpurne Flamme der Wollust; hinsterbend stürzte über schwarze Stufen der Schläfer ins Dunkel.

Jemand verließ dich am Kreuzweg und du schaust lange zurück. Silberner Schritt im Schatten verkrüppelter Apfelbäumchen. Purpurn leuchtet die Frucht im schwarzen Geäst und im Gras häutet sich die Schlange. O! das Dunkel; der Schweiß, der auf die eisige Stirne tritt und die traurigen Träume im Wein, in der Dorfschenke unter schwarzverrauchtem Gebälk. Du, noch Wildnis, die rosige Inseln zaubert aus dem braunen Tabaksgewölk und aus dem Innern den wilden Schrei eines Greifen holt, wenn er um schwarze Klippen jagt in Meer, Sturm und Eis. Du, ein grünes Metall und innen ein feuriges Gesicht, das hingehen will und singen vom Beinerhügel finstere Zeiten und den flammenden Sturz des Engels. O! Verzweiflung, die mit stummem Schrei ins Knie bricht.

Ein Toter besucht dich. Aus dem Herzen rinnt das selbstvergossene Blut und in schwarzer Braue nistet unsäglicher Augenblick; dunkle Begegnung. Du – ein purpurner Mond, da jener im grünen Schatten des Ölbaums erscheint. Dem folgt unvergängliche Nacht.

PASSION

Geburt

Gebirge: Schwärze, Schweigen und Schnee.
Rot vom Wald niedersteigt die Jagd;
O, die moosigen Blicke des Wilds.

Stille der Mutter; unter schwarzen Tannen
Öffnen sich die schlafenden Hände,
Wenn verfallen der kalte Mond erscheint.

O, die Geburt des Menschen. Nächtlich rauscht
Blaues Wasser im Felsengrund;
Seufzend erblickt sein Bild der gefallene Engel,

Erwacht ein Bleiches in dumpfer Stube.
Zwei Monde
Erglänzen die Augen der steinernen Greisin.

Weh, der Gebärenden Schrei. Mit schwarzem Flügel
Rührt die Knabenschläfe die Nacht,
Schnee, der leise aus purpurner Wolke sinkt.

Föhn

Blinde Klage im Wind, mondene Wintertage,
Kindheit, leise verhallen die Schritte an schwarzer Hecke,
Langes Abendgeläut.
Leise kommt die weiße Nacht gezogen,

Verwandelt in purpurne Träume Schmerz und Plage
Des steinigen Lebens,
Daß nimmer der dornige Stachel ablasse vom verwesenden
Leib.

Tief im Schlummer aufseufzt die bange Seele,

Tief der Wind in zerbrochenen Bäumen,
Und es schwankt die Klagegestalt
Der Mutter durch den einsamen Wald

Dieser schweigenden Trauer; Nächte,
Erfüllt von Tränen, feurigen Engeln.
Silbern zerschellt an kahler Mauer ein kindlich Gerippe.

Geistliche Dämmerung

Stille begegnet am Saum des Waldes
Ein dunkles Wild;
Am Hügel endet leise der Abendwind,

Verstummt die Klage der Amsel,
Und die sanften Flöten des Herbstes
Schweigen im Rohr.

Auf schwarzer Wolke
Befährst du trunken von Mohn
Den nächtigen Weiher,

Den Sternenhimmel.
Immer tönt der Schwester mondene Stimme
Durch die geistliche Nacht.

Sommer

Am Abend schweigt die Klage
Des Kuckucks im Wald.
Tiefer neigt sich das Korn,
Der rote Mohn.

Schwarzes Gewitter droht
Über dem Hügel.
Das alte Lied der Grille
Erstirbt im Feld.

Nimmer regt sich das Laub
Der Kastanie.
Auf der Wendeltreppe
Rauscht dein Kleid.

Stille leuchtet die Kerze
Im dunklen Zimmer;
Eine silberne Hand
Löschte sie aus;

Windstille, sternlose Nacht.

Herbstseele

Jägerruf und Blutgebell;
Hinter Kreuz und braunem Hügel
Blindet sacht der Weiherspiegel,
Schreit der Habicht hart und hell.

Über Stoppelfeld und Pfad
Banget schon ein schwarzes Schweigen;
Reiner Himmel in den Zweigen;
Nur der Bach rinnt still und stad.

Bald entgleitet Fisch und Wild.
Blaue Seele, dunkles Wandern
Schied uns bald von Lieben, Andern.
Abend wechselt Sinn und Bild.

Rechten Lebens Brot und Wein,
Gott in deine milden Hände
Legt der Mensch das dunkle Ende,
Alle Schuld und rote Pein.

Afra

Ein Kind mit braunem Haar. Gebet und Amen
Verdunkeln still die abendliche Kühle
Und Afras Lächeln rot in gelbem Rahmen
Von Sonnenblumen, Angst und grauer Schwüle.

Gehüllt in blauen Mantel sah vor Zeiten
Der Mönch sie fromm gemalt an Kirchenfenstern;
Das will in Schmerzen freundlich noch geleiten,
Wenn ihre Sterne durch sein Blut gespenstern.

Herbstuntergang; und des Hollunders Schweigen.
Die Stirne rührt des Wassers blaue Regung,
Ein härnes Tuch gelegt auf eine Bahre.

Verfaulte Früchte fallen von den Zweigen;
Unsäglich ist der Vögel Flug, Begegnung
Mit Sterbenden; dem folgen dunkle Jahre.

Der Herbst des Einsamen

Der dunkle Herbst kehrt ein voll Frucht und Fülle,
Vergilbter Glanz von schönen Sommertagen.
Ein reines Blau tritt aus verfallener Hülle;
Der Flug der Vögel tönt von alten Sagen.
Gekeltert ist der Wein, die milde Stille
Erfüllt von leiser Antwort dunkler Fragen.

Und hier und dort ein Kreuz auf ödem Hügel;
Im roten Wald verliert sich eine Herde.
Die Wolke wandert übern Weiherspiegel;
Es ruht des Landmanns ruhige Geberde.
Sehr leise rührt des Abends blauer Flügel
Ein Dach von dürrem Stroh, die schwarze Erde.

Bald nisten Sterne in des Müden Brauen;
In kühle Stuben kehrt ein still Bescheiden
Und Engel treten leise aus den blauen
Augen der Liebenden, die sanfter leiden.
Es rauscht das Rohr; anfällt ein knöchern Grauen,
Wenn schwarz der Tau tropft von den kahlen Weiden.

Ein Winterabend

Wenn der Schnee ans Fenster fällt,
Lang die Abendglocke läutet,
Vielen ist der Tisch bereitet
Und das Haus ist wohlbestellt.

Mancher auf der Wanderschaft
Kommt ans Tor auf dunklen Pfaden.
Golden blüht der Baum der Gnaden
Aus der Erde kühlem Saft.

Wanderer tritt still herein;
Schmerz versteinerte die Schwelle.
Da erglänzt in reiner Helle
Auf dem Tische Brot und Wein.

Untergang

Über den weißen Weiher
Sind die wilden Vögel fortgezogen.
Am Abend weht von unseren Sternen ein eisiger Wind.

Über unsere Gräber
Beugt sich die zerbrochene Stirne der Nacht.
Unter Eichen schaukeln wir auf einem silbernen Kahn.

Immer klingen die weißen Mauern der Stadt.
Unter Dornenbogen
O mein Bruder klimmen wir blinde Zeiger gen Mitternacht.

An die Verstummten

O, der Wahnsinn der großen Stadt, da am Abend
An schwarzer Mauer verkrüppelte Bäume starren,
Aus silberner Maske der Geist des Bösen schaut;
Licht mit magnetischer Geißel die steinerne Nacht verdrängt.
O, das versunkene Läuten der Abendglocken.

Hure, die in eisigen Schauern ein totes Kindlein gebärt.
Rasend peitscht Gottes Zorn die Stirne des Besessenen,
Purpurne Seuche, Hunger, der grüne Augen zerbricht.
O, das gräßliche Lachen des Golds.

Aber stille blutet in dunkler Höhle stummere Menschheit,
Fügt aus harten Metallen das erlösende Haupt.

Passion

Wenn silbern Orpheus die Laute rührt,
Beklagend ein Totes im Abendgarten –
Wer bist du Ruhendes unter hohen Bäumen?
Es rauscht die Klage das herbstliche Rohr,
Der blaue Teich.

Weh, der schmalen Gestalt des Knaben,
Die purpurn erglüht,
Schmerzlicher Mutter, in blauem Mantel
Verhüllend ihre heilige Schmach.

Weh, des Geborenen, daß er stürbe,
Eh er die glühende Frucht,
Die bittere der Schuld genossen.

Wen weinst du unter dämmernden Bäumen?
Die Schwester, dunkle Liebe
Eines wilden Geschlechts,
Dem auf goldenen Rädern der Tag davonrauscht.

O, daß frömmer die Nacht käme,
Kristus.

Was schweigst du unter schwarzen Bäumen?
Den Sternenfrost des Winters,
Gottes Geburt
Und die Hirten an der Krippe von Stroh.

Blaue Monde
Versanken die Augen des Blinden in härener Höhle.

Ein Leichnam suchest du unter grünenden Bäumen
Deine Braut,
Die silberne Rose
Schwebend über dem nächtlichen Hügel.

★

Wandelnd an den schwarzen Ufern
Des Todes,
Purpurn erblüht im Herzen die Höllenblume.

Über seufzende Wasser geneigt
Sieh dein Gemahl: Antlitz starrend von Aussatz
Und ihr Haar flattert wild in der Nacht.

Zwei Wölfe im finsteren Wald
Mischten wir unser Blut in steinerner Umarmung
Und die Sterne unseres Geschlechts fielen auf uns.

O, der Stachel des Todes.
Verblichene schauen wir uns am Kreuzweg
Und in silbernen Augen
Spiegeln sich die schwarzen Schatten unserer Wildnis,
Gräßliches Lachen, das unsere Münder zerbrach.

Dornige Stufen sinken ins Dunkel,
Daß röter von kühlen Füßen
Das Blut hinströme auf den steinigen Acker.

Auf purpurner Flut
Schaukelt wachend die silberne Schläferin.

*

Jener aber ward ein schneeiger Baum
Am Beinerhügel,
Ein Wild äugend aus eiternder Wunde,
Wieder ein schweigender Stein.

O, die sanfte Sternenstunde
Dieser kristallnen Ruh,
Da in dorniger Kammer
Das aussätzige Antlitz von dir fiel.

Nächtlich tönt der Seele einsames Saitenspiel
Dunkler Verzückung
Voll zu den silbernen Füßen der Büßerin
Im verlorenen Garten;
Und an dorniger Hecke knospet der blaue Frühling.

Unter dunklen Olivenbäumen
Tritt der rosige Engel
Des Morgens aus dem Grab der Liebenden.

Passion

Wenn Orpheus silbern die Laute rührt,
Beklagend ein Totes im Abendgarten,
Wer bist du Ruhendes unter hohen Bäumen?
Es rauscht die Klage das herbstliche Rohr,
Der blaue Teich,
Hinsterbend unter grünenden Bäumen
Und folgend dem Schatten der Schwester;
Dunkle Liebe
Eines wilden Geschlechts,
Dem auf goldenen Rädern der Tag davonrauscht.
Stille Nacht.

Unter finsteren Tannen
Mischten zwei Wölfe ihr Blut
In steinerner Umarmung; ein Goldnes
Verlor sich die Wolke über dem Steg,
Geduld und Schweigen der Kindheit.
Wieder begegnet der zarte Leichnam
Am Tritonsteich
Schlummernd in seinem hyazinthenen Haar.
Daß endlich zerbräche das kühle Haupt!

Denn immer folgt, ein blaues Wild,
Ein Äugendes unter dämmernden Bäumen,
Dieser dunkleren Pfaden
Wachend und bewegt von nächtigem Wohllaut,
Sanftem Wahnsinn;
Oder es tönte dunkler Verzückung
Voll das Saitenspiel
Zu den kühlen Füßen der Büßerin
In der steinernen Stadt.

Traum und Umnachtung

Am Abend ward zum Greis der Vater; in dunklen Zimmern versteinerte das Antlitz der Mutter und auf dem Knaben lastete der Fluch des entarteten Geschlechts. Manchmal erinnerte er sich seiner Kindheit, erfüllt von Krankheit, Schrecken und Finsternis, verschwiegener Spiele im Sternengarten, oder daß er die Ratten fütterte im dämmernden Hof. Aus blauem Spiegel trat die schmale Gestalt der Schwester und er stürzte wie tot ins Dunkel. Nachts brach sein Mund gleich einer roten Frucht auf und die Sterne erglänzten über seiner sprachlosen Trauer. Seine Träume erfüllten das alte Haus der Väter. Am Abend ging er gerne über den verfallenen Friedhof, oder er besah in dämmernder Totenkammer die Leichen, die grünen Flecken der Verwesung auf ihren schönen Händen. An der Pforte des Klosters bat er um ein Stück Brot; der Schatten eines Rappen sprang aus dem Dunkel und erschreckte ihn. Wenn er in seinem kühlen Bette lag, überkamen ihn unsägliche Tränen. Aber es war niemand, der die Hand auf seine Stirne gelegt hätte. Wenn der Herbst kam, ging er, ein Hellseher, in brauner Au. O, die Stunden wilder Verzückung, die Abende am grünen Fluß, die Jagden. O, die Seele, die leise das Lied des vergilbten Rohrs sang; feurige Frömmigkeit. Stille sah er und lang in die Sternenaugen der Kröte, befühlte mit erschauernden Händen die Kühle des alten Steins und besprach die ehrwürdige Sage des blauen Quells. O, die silbernen Fische und die Früchte, die von verkrüppelten Bäumen fielen. Die Akkorde seiner Schritte erfüllten ihn mit Stolz und Menschenverachtung. Am Heimweg traf er ein unbewohntes Schloß. Verfallene Götter standen im Garten, hintrauernd am Abend. Ihm aber schien: hier lebte ich vergessene Jahre. Ein Orgelchoral erfüllte ihn mit Gottes Schauern. Aber in dunkler Höhle verbrachte er seine Tage, log und stahl und verbarg sich, ein flammender Wolf, vor dem weißen Antlitz der Mutter. O, die Stunde, da er mit steinernem Munde im Sternengarten hinsank, der Schatten des Mörders über ihn kam. Mit purpurner Stirne ging er ins Moor und Gottes Zorn züchtigte seine metallenen Schultern; o, die Birken im Sturm, das dunkle Getier, das seine umnachteten Pfade mied. Haß verbrannte sein Herz, Wollust, da er im grünenden Sommergarten dem schweigenden Kind Gewalt tat, in dem strahlenden sein umnachtetes Antlitz erkannte. Weh, des Abends am Fenster, da aus purpurnen Blumen, ein gräulich Gerippe, der Tod trat. O, ihr Türme und Glocken; und die Schatten der Nacht fielen steinern auf ihn.

Niemand liebte ihn. Sein Haupt verbrannte Lüge und Unzucht in dämmernden Zimmern. Das blaue Rauschen eines Frauengewandes ließ ihn zur Säule erstarren und in der Tür stand die nächtige Gestalt seiner Mutter. Zu seinen Häupten erhob sich der Schatten des Bösen. O, ihr Nächte und Sterne. Am Abend ging er mit dem Krüppel am Berge hin; auf eisigem Gipfel lag der rosige Glanz der Abendröte und sein Herz läutete leise in der Dämmerung. Schwer sanken die stürmischen Tannen über sie und der rote Jäger trat aus dem Wald. Da es Nacht ward, zerbrach kristallen sein Herz und die Finsternis schlug seine Stirne. Unter kahlen Eichbäumen erwürgte er mit eisigen Händen eine wilde Katze. Klagend zur Rechten erschien die weiße Gestalt eines Engels, und es wuchs im Dunkel der Schatten des Krüppels. Er aber hob einen Stein und warf ihn nach jenem, daß er heulend floh, und seufzend verging im Schatten des Baums das sanfte Antlitz des Engels. Lange lag er auf steinigem Acker und sah staunend das goldene Zelt der Sterne. Von Fledermäusen gejagt, stürzte er fort ins Dunkel. Atemlos trat er ins verfallene Haus. Im Hof trank er, ein wildes Tier, von den blauen Wassern des Brunnens, bis ihn fror. Fiebernd saß er auf der eisigen Stiege, rasend gen Gott, daß er stürbe. O, das graue Antlitz des Schreckens, da er die runden Augen über einer Taube zerschnittener Kehle aufhob. Huschend über fremde Stiegen begegnete er einem Judenmädchen und er griff nach ihrem schwarzen Haar und er nahm ihren Mund. Feindliches folgte ihm durch finstere Gassen und sein Ohr zerriß ein eisernes Klirren. An herbstlichen Mauern folgte er, ein Mesnerknabe, stille dem schweigenden Priester; unter verdorrten Bäumen atmete er trunken den Scharlach jenes ehrwürdigen Gewands. O, die verfallene Scheibe der Sonne. Süße Martern verzehrten sein Fleisch. In einem verödeten Durchhaus erschien ihm starrend von Unrat seine blutende Gestalt. Tiefer liebte er die erhabenen Werke des Steins; den Turm, der mit höllischen Fratzen nächtlich den blauen Sternenhimmel stürmt; das kühle Grab, darin des Menschen feuriges Herz bewahrt ist. Weh, der unsäglichen Schuld, die jenes kundtut. Aber da er Glühendes sinnend den herbstlichen Fluß hinabging unter kahlen Bäumen hin, erschien in härenem Mantel ihm, ein flammender Dämon, die Schwester. Beim Erwachen erloschen zu ihren Häuptern die Sterne.

O des verfluchten Geschlechts. Wenn in befleckten Zimmern jegliches Schicksal vollendet ist, tritt mit modernden Schritten der Tod in das Haus. O, daß draußen Frühling wäre und im blühenden Baum ein lieblicher Vogel sänge. Aber gräulich verdorrt das spärliche Grün an den Fenstern der Nächtlichen und es sinnen die blutenden Herzen noch Böses. O, die dämmernden Frühlingswege des Sinnenden. Gerechter erfreut ihn die blühende Hecke, die junge Saat des Landmanns und der singende Vogel, Gottes sanftes Geschöpf; die Abendglocke und die schöne Gemeine der Menschen. Daß er seines Schicksals vergäße und des dornigen Stachels. Frei ergrünt der Bach, wo silbern wandelt sein Fuß, und ein sagender Baum rauscht über dem umnachteten Haupt ihm. Also hebt er mit schmächtiger Hand die Schlange, und in feurigen Tränen schmolz ihm das Herz hin. Erhaben ist das Schweigen des Walds, ergrüntes Dunkel und das moosige Getier, aufflatternd, wenn es Nacht wird. O der Schauer, da jegliches seine Schuld weiß, dornige Pfade geht. Also fand er im Dornenbusch die weiße Gestalt des Kindes, blutend nach dem Mantel seines Bräutigams. Er aber stand vergraben in sein stählernes Haar stumm und leidend vor ihr. O die strahlenden Engel, die der purpurne Nachtwind zerstreute. Nachtlang wohnte er in kristallener Höhle und der Aussatz wuchs silbern auf seiner Stirne. Ein Schatten ging er den Saumpfad hinab unter herbstlichen Sternen. Schnee fiel, und blaue Finsternis erfüllte das Haus. Eines Blinden klang die harte Stimme des Vaters und beschwor das Grauen. Weh der gebeugten Erscheinung der Frauen. Unter erstarrten Händen verfielen Frucht und Gerät dem entsetzten Geschlecht. Ein Wolf zerriß das Erstgeborene und die Schwestern flohen in dunkle Gärten zu knöchernen Greisen. Ein umnachteter Seher sang jener an verfallenen Mauern und seine Stimme verschlang Gottes Wind. O die Wollust des Todes. O ihr Kinder eines dunklen Geschlechts. Silbern schimmern die bösen Blumen des Bluts an jenes Schläfe, der kalte Mond in seinen zerbrochenen Augen. O, der Nächtlichen; o, der Verfluchten.

Tief ist der Schlummer in dunklen Giften, erfüllt von Sternen und dem weißen Antlitz der Mutter, dem steinernen. Bitter ist der Tod, die Kost der Schuldbeladenen; in dem braunen Geäst des Stamms zerfielen grinsend die irdenen Gesichter. Aber leise sang jener im grünen Schatten des Hollunders, da er aus bösen Träumen erwachte; süßer Gespiele nahte ihm ein rosiger Engel, daß er, ein sanftes Wild, zur Nacht hinschlummerte; und er sah das Sternenantlitz der Reinheit. Golden sanken die Sonnenblumen über den Zaun des Gartens, da es Sommer ward. O, der Fleiß der Bienen und das grüne Laub des Nußbaums; die vorüberziehenden Gewitter. Silbern blühte der Mohn auch, trug in grüner Kapsel unsere nächtigen Sternenträume. O, wie stille war das Haus, als der Vater ins Dunkel hinging. Purpurn reifte die Frucht am Baum und der Gärtner rührte die harten Hände; o die härenen Zeichen in strahlender Sonne. Aber stille trat am Abend der Schatten des Toten in den trauernden Kreis der Seinen und es klang kristallen sein Schritt über die grünende Wiese vorm Wald. Schweigende versammelten sich jene am Tisch; Sterbende brachen sie mit wächsernen Händen das Brot, das blutende. Weh der steinernen Augen der Schwester, da beim Mahle ihr Wahnsinn auf die nächtige Stirne des Bruders trat, der Mutter unter leidenden Händen das Brot zu Stein ward. O der Verwesten, da sie mit silbernen Zungen die Hölle schwiegen. Also erloschen die Lampen im kühlen Gemach und aus purpurnen Masken sahen schweigend sich die leidenden Menschen an. Die Nacht lang rauschte ein Regen und erquickte die Flur. In dorniger Wildnis folgte der Dunkle den vergilbten Pfaden im Korn, dem Lied der Lerche und der sanften Stille des grünen Gezweigs, daß er Frieden fände. O, ihr Dörfer und moosigen Stufen, glühender Anblick. Aber beinern schwanken die Schritte über schlafende Schlangen am Waldsaum und das Ohr folgt immer dem rasenden Schrei des Geiers. Steinige Öde fand er am Abend, Geleite eines Toten in das dunkle Haus des Vaters. Purpurne Wolke umwölkte sein Haupt, daß er schweigend über sein eigenes Blut und Bildnis herfiel, ein mondenes Antlitz; steinern ins Leere hinsank, da in zerbrochenem Spiegel, ein sterbender Jüngling, die Schwester erschien; die Nacht das verfluchte Geschlecht verschlang.

SIEBENGESANG DES TODES

Ruh und Schweigen

Hirten begruben die Sonne im kahlen Wald.
Ein Fischer zog
In härenem Netz den Mond aus frierendem Weiher.

In blauem Kristall
Wohnt der bleiche Mensch, die Wang' an seine Sterne gelehnt;
Oder er neigt das Haupt in purpurnem Schlaf.

Doch immer rührt der schwarze Flug der Vögel
Den Schauenden, das Heilige blauer Blumen,
Denkt die nahe Stille Vergessenes, erloschene Engel.

Wieder nachtet die Stirne in mondenem Gestein;
Ein strahlender Jüngling
Erscheint die Schwester in Herbst und schwarzer Verwesung.

Anif

Erinnerung: Möven, gleitend über den dunklen Himmel
Männlicher Schwermut.
Stille wohnst du im Schatten der herbstlichen Esche,
Versunken in des Hügels gerechtes Maß;

Immer gehst du den grünen Fluß hinab,
Wenn es Abend geworden,
Tönende Liebe; friedlich begegnet das dunkle Wild,

Ein rosiger Mensch. Trunken von bläulicher Witterung
Rührt die Stirne das sterbende Laub
Und denkt das ernste Antlitz der Mutter;
O, wie alles ins Dunkel hinsinkt;

Die gestrengen Zimmer und das alte Gerät
Der Väter.
Dieses erschüttert die Brust des Fremdlings.
O, ihr Zeichen und Sterne.

Groß ist die Schuld des Geborenen. Weh, ihr goldenen
Schauer
Des Todes,
Da die Seele kühlere Blüten träumt.

Immer schreit im kahlen Gezweig der nächtliche Vogel
Über des Mondenen Schritt,
Tönt ein eisiger Wind an den Mauern des Dorfs.

Abendländisches Lied

O der Seele nächtlicher Flügelschlag:
Hirten gingen wir einst an dämmernden Wäldern hin
Und es folgte das rote Wild, die grüne Blume und der lallende
Quell
Demutsvoll. O, der uralte Ton des Heimchens,
Blut blühend am Opferstein
Und der Schrei des einsamen Vogels über der grünen Stille des
Teichs.

O, ihr Kreuzzüge und glühenden Martern
Des Fleisches, Fallen purpurner Früchte
Im Abendgarten, wo vor Zeiten die frommen Jünger
gegangen,
Kriegsleute nun, erwachend aus Wunden und Sternen-
träumen.
O, das sanfte Zyanenbündel der Nacht.

O, ihr Zeiten der Stille und goldener Herbste,
Da wir friedliche Mönche die purpurne Traube gekeltert;
Und rings erglänzten Hügel und Wald.
O, ihr Jagden und Schlösser; Ruh des Abends,
Da in seiner Kammer der Mensch Gerechtes sann,
In stummem Gebet um Gottes lebendiges Haupt rang.

O, die bittere Stunde des Untergangs,
Da wir ein steinernes Antlitz in schwarzen Wassern beschaun.
Aber strahlend heben die silbernen Lider die Liebenden:
Ein Geschlecht. Weihrauch strömt von rosigen Kissen
Und der süße Gesang der Auferstandenen.

Verklärung

Wenn es Abend wird,
Verläßt dich leise ein blaues Antlitz.
Ein kleiner Vogel singt im Tamarindenbaum.

Ein sanfter Mönch
Faltet die erstorbenen Hände.
Ein weißer Engel sucht Marien heim.

Ein nächtiger Kranz
Von Veilchen, Korn und purpurnen Trauben
Ist das Jahr des Schauenden.

Zu deinen Füßen
Öffnen sich die Gräber der Toten,
Wenn du die Stirne in die silbernen Hände legst.

Stille wohnt
An deinem Mund der herbstliche Mond,
Trunken von Mohnsaft dunkler Gesang;

Blaue Blume,
Die leise tönt in vergilbtem Gestein.

An einen Frühverstorbenen

O, der schwarze Engel, der leise aus dem Innern des Baums trat,
Da wir sanfte Gespielen am Abend waren,
Am Rand des bläulichen Brunnens.
Ruhig war unser Schritt, die runden Augen in der braunen Kühle des Herbstes,
O, die purpurne Süße der Sterne.

Jener aber ging die steinernen Stufen des Mönchsbergs hinab,
Ein blaues Lächeln im Antlitz und seltsam verpuppt
In seine stillere Kindheit und starb;
Und im Garten blieb das silberne Antlitz des Freundes zurück,
Lauschend im Laub oder im alten Gestein.

Seele sang den Tod, die grüne Verwesung des Fleisches
Und es war das Rauschen des Walds,
Die inbrünstige Klage des Wildes.
Immer klangen von dämmernden Türmen die blauen Glocken des Abends.

Stunde kam, da jener die Schatten in purpurner Sonne sah,
Die Schatten der Fäulnis in kahlem Geäst;
Abend, da an dämmernder Mauer die Amsel sang,
Der Geist des Frühverstorbenen stille im Zimmer erschien.

O, das Blut, das aus der Kehle des Tönenden rinnt,
Blaue Blume; o die feurige Träne
Geweint in die Nacht.

Goldene Wolke und Zeit. In einsamer Kammer
Lädst du öfter den Toten zu Gast,
Wandelst in trautem Gespräch unter Ulmen den grünen Fluß hinab.

Abendland

I

Mond, als träte ein Totes
Aus blauer Höhle,
Und es fallen der Blüten
Viele über den Felsenpfad.
Silbern weint ein Krankes
Am Abendweiher,
Auf schwarzem Kahn
Hinüberstarben Liebende.

Oder es läuten die Schritte
Elis' durch den Hain
Den hyazinthenen
Wieder verhallend unter Eichen.
O des Knaben Gestalt
Geformt aus kristallenen Tränen,
Nächtigen Schatten.
Zackige Blitze erhellen die Schläfe
Die immerkühle,
Wenn am grünenden Hügel
Frühlingsgewitter ertönt.

2

So leise sind die grünen Wälder
Unsrer Heimat,
Die kristallne Woge
Hinsterbend an verfallner Mauer
Und wir haben im Schlaf geweint;
Wandern mit zögernden Schritten
An der dornigen Hecke hin

Singende im Abendsommer,
In heiliger Ruh
Des fern verstrahlenden Weinbergs;
Schatten nun im kühlen Schoß
Der Nacht, trauernde Adler.
So leise schließt ein mondener Strahl
Die purpurnen Male der Schwermut.

3

Ihr großen Städte
Steinern aufgebaut
In der Ebene!
So sprachlos folgt
Der Heimatlose
Mit dunkler Stirne dem Wind,
Kahlen Bäumen am Hügel.
Ihr weithin dämmernden Ströme!
Gewaltig ängstet
Schaurige Abendröte
Im Sturmgewölk.
Ihr sterbenden Völker!
Bleiche Woge
Zerschellend am Strande der Nacht,
Fallende Sterne.

Frühling der Seele

Aufschrei im Schlaf; durch schwarze Gassen stürzt der Wind,
Das Blau des Frühlings winkt durch brechendes Geäst,
Purpurner Nachttau und es erlöschen rings die Sterne.
Grünlich dämmert der Fluß, silbern die alten Alleen
Und die Türme der Stadt. O sanfte Trunkenheit
Im gleitenden Kahn und die dunklen Rufe der Amsel
In kindlichen Gärten. Schon lichtet sich der rosige Flor.

Feierlich rauschen die Wasser. O die feuchten Schatten der Au,
Das schreitende Tier; Grünendes, Blütengezweig
Rührt die kristallene Stirne; schimmernder Schaukelkahn.
Leise tönt die Sonne im Rosengewölk am Hügel.
Groß ist die Stille des Tannenwalds, die ernsten Schatten am Fluß.

Reinheit! Reinheit! Wo sind die furchtbaren Pfade des Todes,
Des grauen steinernen Schweigens, die Felsen der Nacht
Und die friedlosen Schatten? Strahlender Sonnenabgrund.

Schwester, da ich dich fand an einsamer Lichtung
Des Waldes und Mittag war und groß das Schweigen des Tiers;
Weiße unter wilder Eiche, und es blühte silbern der Dorn.
Gewaltiges Sterben und die singende Flamme im Herzen.

Dunkler umfließen die Wasser die schönen Spiele der Fische.
Stunde der Trauer, schweigender Anblick der Sonne;
Es ist die Seele ein Fremdes auf Erden. Geistlich dämmert
Bläue über dem verhauenen Wald und es läutet
Lange eine dunkle Glocke im Dorf; friedlich Geleit.
Stille blüht die Myrthe über den weißen Lidern des Toten.

Leise tönen die Wasser im sinkenden Nachmittag
Und es grünet dunkler die Wildnis am Ufer, Freude im rosigen Win
Der sanfte Gesang des Bruders am Abendhügel.

Gesang des Abgeschiedenen

Voll Harmonien ist der Flug der Vögel. Es haben die grünen Wälder
Am Abend sich zu stilleren Hütten versammelt;
Die kristallenen Weiden des Rehs.
Dunkles besänftigt das Plätschern des Bachs, die feuchten Schatten

Und die Blumen des Sommers, die schön im Winde läuten.
Schon dämmert die Stirne dem sinnenden Menschen.

Und es leuchtet ein Lämpchen, das Gute, in seinem Herzen
Und der Frieden des Mahls; denn geheiligt ist Brot und Wein
Von Gottes Händen, und es schaut aus nächtigen Augen
Stille dich der Bruder an, daß er ruhe von dorniger Wanderschaft.
O das Wohnen in der beseelten Bläue der Nacht.

Liebend auch umfängt das Schweigen im Zimmer die Schatten der Alten,
Die purpurnen Martern, Klage eines großen Geschlechts,
Das fromm nun hingeht im einsamen Enkel.

Denn strahlender immer erwacht aus schwarzen Minuten des Wahnsinns
Der Duldende an versteinerter Schwelle
Und es umfängt ihn gewaltig die kühle Bläue und die leuchtende Neige des Herbstes,

Das stille Haus und die Sagen des Waldes,
Maß und Gesetz und die mondenen Pfade der Abgeschiedenen.

Siebengesang des Todes

Bläulich dämmert der Frühling; unter saugenden Bäumen
Wandert ein Dunkles in Abend und Untergang,
Lauschend der sanften Klage der Amsel.
Schweigend erscheint die Nacht, ein blutendes Wild,
Das langsam hinsinkt am Hügel.

In feuchter Luft schwankt blühendes Apfelgezweig,
Löst silbern sich Verschlungenes,
Hinsterbend aus nächtigen Augen; fallende Sterne;
Sanfter Gesang der Kindheit.

Erscheinender stieg der Schläfer den schwarzen Wald hinab,
Und es rauschte ein blauer Quell im Grund,
Daß jener leise die bleichen Lider aufhob
Über sein schneeiges Antlitz;

Und es jagte der Mond ein rotes Tier
Aus seiner Höhle;
Und es starb in Seufzern die dunkle Klage der Frauen.

Strahlender hob die Hände zu seinem Stern
Der weiße Fremdling;
Schweigend verläßt ein Totes das verfallene Haus.

O des Menschen verweste Gestalt: gefügt aus kalten Metallen,
Nacht und Schrecken versunkener Wälder
Und der sengenden Wildnis des Tiers;
Windesstille der Seele.

Auf schwärzlichem Kahn fuhr jener schimmernde Ströme hinab,
Purpurner Sterne voll, und es sank
Friedlich das ergrünte Gezweig auf ihn,
Mohn aus silberner Wolke.

Offenbarung und Untergang

Seltsam sind die nächtigen Pfade des Menschen. Da ich nachtwandelnd an steinernen Zimmern hinging und es brannte in jedem ein stilles Lämpchen, ein kupferner Leuchter, und da ich frierend aufs Lager hinsank, stand zu Häupten wieder der schwarze Schatten der Fremdlingin und schweigend verbarg ich das Antlitz in den langsamen Händen. Auch war am Fenster blau die Hyazinthe aufgeblüht und es trat auf die purpurne Lippe des Odmenden das alte Gebet, sanken von den Lidern kristallne Tränen geweint um die bittere Welt. In dieser Stunde war ich im Tod meines Vaters der weiße Sohn. In blauen Schauern kam vom Hügel der Nachtwind, die dunkle Klage der Mutter, hinsterbend wieder und ich sah die schwarze Hölle in meinem Herzen; Minute schimmernder Stille. Leise trat aus kalkiger Mauer ein unsägliches Antlitz – ein sterbender Jüngling – die Schönheit eines heimkehrenden Geschlechts. Mondesweiß umfing die Kühle des Steins die wachende Schläfe, verklangen die Schritte der Schatten auf verfallenen Stufen, ein rosiger Reigen im Gärtchen.

Schweigend saß ich in verlassener Schenke unter verrauchtem Holzgebälk und einsam beim Wein; ein strahlender Leichnam über ein Dunkles geneigt und es lag ein totes Lamm zu meinen Füßen. Aus verwesender Bläue trat die bleiche Gestalt der Schwester und also sprach ihr blutender Mund: Stich schwarzer Dorn. Ach noch tönen von wilden Gewittern die silbernen Arme mir. Fließe Blut von den mondenen Füßen, blühend auf nächtigen Pfaden, darüber schreiend die Ratte huscht. Aufflackert ihr Sterne in meinen gewölbten Brauen; und es läutet leise das Herz in der Nacht. Einbrach ein roter Schatten mit flammendem Schwert in das Haus, floh mit schneeiger Stirne. O bitterer Tod.

Und es sprach eine dunkle Stimme aus mir: Meinem Rappen brach ich im nächtigen Wald das Genick, da aus seinen purpurnen Augen der Wahnsinn sprang; die Schatten der Ulmen fielen auf mich, das blaue Lachen des Quells und die schwarze Kühle der Nacht, da ich ein wilder Jäger aufjagte ein schneeiges Wild; in steinerner Hölle mein Antlitz erstarb.

Und schimmernd fiel ein Tropfen Blutes in des Einsamen Wein; und da ich davon trank, schmeckte er bitterer als Mohn; und eine schwärzliche Wolke umhüllte mein Haupt, die kristallenen Tränen verdammter Engel; und leise rann aus silberner Wunde der Schwester das Blut und fiel ein feuriger Regen auf mich.

Am Saum des Waldes will ich ein Schweigendes gehn, dem aus sprachlosen Händen die härene Sonne sank; ein Fremdling am Abendhügel, der weinend aufhebt die Lider über die steinerne Stadt; ein Wild, das stille steht im Frieden des alten Hollunders; o ruhlos lauscht das dämmernde Haupt, oder es folgen die zögernden Schritte der blauen Wolke am Hügel, ernsten Gestirnen auch. Zur Seite geleitet stille die grüne Saat, begleitet auf moosigen Waldespfaden scheu das Reh. Es haben die Hütten der Dörfler sich stumm verschlossen und es ängstigt in schwarzer Windesstille die blaue Klage des Wildbachs.

Aber da ich den Felsenpfad hinabstieg, ergriff mich der Wahnsinn und ich schrie laut in der Nacht; und da ich mit silbernen Fingern mich über die schweigenden Wasser bog, sah ich daß mich mein Antlitz verlassen. Und die weiße Stimme sprach zu mir: Töte dich! Seufzend erhob sich eines Knaben Schatten in mir und sah mich strahlend aus kristallnen Augen an, daß ich weinend unter den Bäumen hinsank, dem gewaltigen Sternengewölbe.

Friedlose Wanderschaft durch wildes Gestein ferne den Abendweilern, heimkehrenden Herden; ferne weidet die sinkende Sonne auf kristallner Wiese und es erschüttert ihr wilder Gesang, der einsame Schrei des Vogels, ersterbend in blauer Ruh. Aber leise kommst du in der Nacht, da ich wachend am

Hügel lag, oder rasend im Frühlingsgewitter; und schwärzer immer umwölkt die Schwermut das abgeschiedene Haupt, erschrecken schaurige Blitze die nächtige Seele, zerreißen deine Hände die atemlose Brust mir.

Da ich in den dämmernden Garten ging, und es war die schwarze Gestalt des Bösen von mir gewichen, umfing mich die hyazinthene Stille der Nacht; und ich fuhr auf gebogenem Kahn über den ruhenden Weiher und süßer Frieden rührte die versteinerte Stirne mir. Sprachlos lag ich unter den alten Weiden und es war der blaue Himmel hoch über mir und voll von Sternen; und da ich anschauend hinstarb, starben Angst und der Schmerzen tiefster in mir; und es hob sich der blaue Schatten des Knaben strahlend im Dunkel, sanfter Gesang; hob sich auf mondenen Flügeln über die grünenden Wipfel, kristallene Klippen das weiße Antlitz der Schwester.

Mit silbernen Sohlen stieg ich die dornigen Stufen hinab und ich trat ins kalkgetünchte Gemach. Stille brannte ein Leuchter darin und ich verbarg in purpurnen Linnen schweigend das Haupt; und es warf die Erde einen kindlichen Leichnam aus, ein mondenes Gebilde, das langsam aus meinem Schatten trat, mit zerbrochenen Armen steinerne Stürze hinabsank, flockiger Schnee.

KLAGE

Der Abend

Mit toten Heldengestalten
Erfüllst du Mond
Die schweigenden Wälder,
Sichelmond –
Mit der sanften Umarmung
Der Liebenden,
Den Schatten berühmter Zeiten
Die modernden Felsen rings;
So bläulich erstrahlt es
Gegen die Stadt hin,
Wo kalt und böse
Ein verwesend Geschlecht wohnt,
Der weißen Enkel
Dunkle Zukunft bereitet.
Ihr mondverschlungnen Schatten
Aufseufzend im leeren Kristall
Des Bergsees.

Die Nacht

Dich sing ich wilde Zerklüftung,
Im Nachtsturm
Aufgetürmtes Gebirge;
Ihr grauen Türme
Überfließend von höllischen Fratzen,
Feurigem Getier,
Rauhen Farnen, Fichten,
Kristallnen Blumen.
Unendliche Qual,
Daß du Gott erjagtest
Sanfter Geist,
Aufseufzend im Wassersturz,
In wogenden Föhren.

Golden lodern die Feuer
Der Völker rings.
Über schwärzliche Klippen
Stürzt todestrunken
Die erglühende Windsbraut,
Die blaue Woge
Des Gletschers
Und es dröhnt
Gewaltig die Glocke im Tal:
Flammen, Flüche
Und die dunklen
Spiele der Wollust,
Stürmt den Himmel
Ein versteinertes Haupt.

Der Schlaf

Verflucht ihr dunklen Gifte,
Weißer Schlaf!
Dieser höchst seltsame Garten
Dämmernder Bäume
Erfüllt von Schlangen, Nachtfaltern,
Spinnen, Fledermäusen.
Fremdling! Dein verlorner Schatten
Im Abendrot,
Ein finsterer Korsar
Im salzigen Meer der Trübsal.
Aufflattern weiße Vögel am Nachtsaum
Über stürzenden Städten
Von Stahl.

Das Gewitter

Ihr wilden Gebirge, der Adler
Erhabene Trauer.
Goldnes Gewölk
Raucht über steinerner Öde.
Geduldige Stille odmen die Föhren,
Die schwarzen Lämmer am Abgrund,
Wo plötzlich die Bläue
Seltsam verstummt,
Das sanfte Summen der Hummeln.
O grüne Blume –
O Schweigen.

Traumhaft erschüttern des Wildbachs
Dunkle Geister das Herz,
Finsternis,
Die über die Schluchten hereinbricht!
Weiße Stimmen
Irrend durch schaurige Vorhöfe,
Zerrißne Terrassen,
Der Väter gewaltiger Groll, die Klage
Der Mütter,
Des Knaben goldener Kriegsschrei
Und Ungebornes
Seufzend aus blinden Augen.

O Schmerz, du flammendes Anschaun
Der großen Seele!
Schon zuckt im schwarzen Gewühl
Der Rosse und Wagen
Ein rosenschauriger Blitz
In die tönende Fichte.
Magnetische Kühle

Umschwebt dies stolze Haupt,
Glühende Schwermut
Eines zürnenden Gottes.

Angst, du giftige Schlange,
Schwarze, stirb im Gestein!
Da stürzen der Tränen
Wilde Ströme herab,
Sturm-Erbarmen,
Hallen in drohenden Donnern
Die schneeigen Gipfel rings.
Feuer
Läutert zerrissene Nacht.

Das Herz

Das wilde Herz ward weiß am Wald;
O dunkle Angst
Des Todes, so das Gold
In grauer Wolke starb.
Novemberabend.
Am kahlen Tor am Schlachthaus stand
Der armen Frauen Schar;
In jeden Korb
Fiel faules Fleisch und Eingeweid;
Verfluchte Kost!

Des Abends blaue Taube
Brachte nicht Versöhnung.
Dunkler Trompetenruf
Durchfuhr der Ulmen
Nasses Goldlaub,
Eine zerfetzte Fahne
Vom Blute rauchend,
Daß in wilder Schwermut
Hinlauscht ein Mann.
O! ihr ehernen Zeiten
Begraben dort im Abendrot.

Aus dunklem Hausflur trat
Die goldne Gestalt
Der Jünglingin
Umgeben von bleichen Monden,
Herbstlicher Hofstaat,
Zerknickten schwarze Tannen
Im Nachtsturm,
Die steile Festung.
O Herz
Hinüberschimmernd in schneeige Kühle.

Im Osten

Den wilden Orgeln des Wintersturms
Gleicht des Volkes finstrer Zorn,
Die purpurne Woge der Schlacht,
Entlaubter Sterne.

Mit zerbrochnen Brauen, silbernen Armen
Winkt sterbenden Soldaten die Nacht.
Im Schatten der herbstlichen Esche
Seufzen die Geister der Erschlagenen.

Dornige Wildnis umgürtet die Stadt.
Von blutenden Stufen jagt der Mond
Die erschrockenen Frauen.
Wilde Wölfe brachen durchs Tor.

Grodek

Am Abend tönen die herbstlichen Wälder
Von tödlichen Waffen, die goldnen Ebenen
Und blauen Seen, darüber die Sonne
Düstrer hinrollt; umfängt die Nacht
Sterbende Krieger, die wilde Klage
Ihrer zerbrochenen Münder.
Doch stille sammelt im Weidengrund
Rotes Gewölk, darin ein zürnender Gott wohnt
Das vergoßne Blut sich, mondne Kühle;
Alle Straßen münden in schwarze Verwesung.
Unter goldnem Gezweig der Nacht und Sternen
Es schwankt der Schwester Schatten durch den schweigenden Hain,
Zu grüßen die Geister der Helden, die blutenden Häupter;
Und leise tönen im Rohr die dunkeln Flöten des Herbstes.
O stolzere Trauer! ihr ehernen Altäre
Die heiße Flamme des Geistes nährt heute ein gewaltiger Schmerz,
Die ungebornen Enkel.

Klage

Schlaf und Tod, die düstern Adler
Umrauschen nachtlang dieses Haupt:
Des Menschen goldnes Bildnis
Verschlänge die eisige Woge
Der Ewigkeit. An schaurigen Riffen
Zerschellt der purpurne Leib
Und es klagt die dunkle Stimme
Über dem Meer.
Schwester stürmischer Schwermut
Sieh ein ängstlicher Kahn versinkt
Unter Sternen,
Dem schweigenden Antlitz der Nacht.

Nachwort

Das Gedicht *Klage* steht am Schluß dieser Auswahl aus dem lyrischen Werk Georg Trakls – eine bedrückende Vision des Untergangs. Zusammen mit *Grodek* im Herbst 1914 entstanden, markiert dieses Gedicht auch das Ende von Trakls Lebensweg. Grodek: auf dem Schlachtfeld in der Nähe dieser galizischen Stadt hatte der k.u.k. Medikamentenakzessist Trakl zum ersten Mal den Krieg erlebt, im ganzen Ausmaß seines Schreckens. Nach einem von Kameraden vereitelten Selbstmordversuch wurde er in das Garnisonsspital Krakau eingewiesen – «zur Beobachtung seines Geisteszustandes». Die Ärzte sahen den Dichter als Geisteskranken, diagnostizierten eine «Dementia Praecox», Schizophrenie. In seiner Zelle im psychiatrischen Trakt des Spitals nahm sich der siebenundzwanzigjährige Dichter am 3. November 1914 durch eine Überdosis Kokain das Leben. *An schaurigen Riffen / Zerschellt der purpurne Leib*: diese Verse sind gesprochen im Angesicht des Todes.

Zwei Prosagedichte, die Trakl Anfang 1914 verfaßt hatte, tragen die Titel *Traum und Umnachtung* und *Offenbarung und Untergang*. In beiden Gedichten finden sich Bilder von Wahnsinn und Selbstmord. Die Nacht, deren Bild im Gedicht *Klage* den Schlußpunkt setzt, kündigt sich lange vorher schon an; ihr Dunkel liegt bereits über dem zwischen 1904 und 1909 entstandenen Jugendwerk Trakls, aus dem der erste Zyklus dieser Anthologie eine kleine Auswahl vorstellt. Diese Nacht kündigt sich schon an in dem einleitenden Gedicht *Verfall*. Trakl hat dieses ursprünglich mit *Herbst* überschriebene Sonett aus seiner zu Lebzeiten nie publizierten Gedichtsammlung von 1909 mit neuem Titel, im Wortlaut kaum verändert, in seinen ersten gedruckten Gedichtband von 1913 aufgenommen. In den beiden Quartetten dieses Sonetts wird zunächst eine friedvolle Abendidylle entworfen, die dann, im Übergang zu den Terzetten, jäh zerstört wird: *Da macht ein Hauch mich von Verfall erzittern.* Ein kalter Wind streicht durch den herbstlichen Garten, ein Todeshauch – es ist der Schatten Azraels, der die Szenerie verdüstert. Der Träumer erwacht aus seiner Versunkenheit und nimmt die Wirklichkeit wahr, die ihn umgibt, den Verfall, den Totentanz der verwelkenden Blumen. Schmerzlich klar wird ihm jetzt, was an diesem Herbstabend zeitlich bevorsteht: eine Nacht und ein Winter – die Nacht des Todes. Die Klage der Amsel – weist nicht auch sie schon voraus auf die *Klage* des Dichters im Herbst 1914?

Das Sonett *Verfall* ist ein Schlüsselgedicht im Werk Trakls. Der herbstliche Garten bleibt nicht nur ein ständig wiederkehrendes Motiv des Dichters, er ist geradezu das Modell der von ihm gestalteten Welt, der poetischen Landschaft, die sich in den nachfolgenden Gedichten entfaltet. Trakls Gedichtband von 1913 trugt zunächst den Titel *Dämmerung und Verfall.* «Ich glaube, daß er alles Wesentliche ausdrückt», schrieb Trakl an seinen Verleger Kurt Wolff. Kaum einmal fehlt in einem Trakl-Gedicht der Hinweis auf die für diesen Dichter so charakteristische Tages- und Jahreszeit: *Septemberabend; traurig tönen die dunklen Rufe der Hirten / Durch das dämmernde Dorf...* Zwar steht der Herbst bei Trakl nicht nur unter negativem Vorzeichen, als die Zeit des Verfalls; er erscheint auch als die Zeit bunter Farbenpracht, als Erntezeit *voll Frucht und Fülle* – als Zeit, in der auch der Dichter seine Früchte trägt. Aber auch in den eher idyllischen Herbstbildern Trakls ist stets die Nähe des Todes spürbar. So klingt das Gedicht *Verklärter Herbst* aus mit der Zeile: *Das geht in Ruh und Schweigen unter.*

Das Verfallsmotiv des Eingangsgedichts ist auch als Keimzelle der ganzen Bilderwelt des Häßlichen zu begreifen, mit der sich der Leser bei Trakl konfrontiert sieht: *Vom lauen Himmel Spatzen stürzen / In grüne Löcher voll Verwesung.* Wie ein Kommentar zum Sonett *Verfall* liest sich das Gedicht *Confiteor*, in dem der junge Dichter bekennt, er sehe das Leben *umdüstert nur von Dämmerungen.* Im benachbarten Sonett *Dämmerung* präsentiert sich ihm eine *entgötterte* Welt als *Hure, häßlich, krank, verwesungsfahl.* An diese frühen Verse wird man sich zu erinnern haben, wenn man bei der Lektüre von späteren Gedichten wie *Vorstadt im Föhn* oder *Die Ratten* nach dem Sinn des nunmehr kommentarlos vor Augen geführten Häßlichen fragt.

Nun ist Manches in den Jugendgedichten Trakls freilich auch rhetorische Geste, aus der lyrischen Tradition übernommenes Motiv. Wenn Trakl etwa in *Dämmerung* seine Verse als *kranke Blumen der Schwermut* bezeichnet, so weist diese Formulierung auf das große Vorbild des jungen Dichters, auf die *Fleurs du Mal* von Baudelaire. Langeweile, Lebensüberdruß, Melancholie – das waren bevorzugte Themen des französischen Dichters, der ja auch als Entdecker des Häßlichen für die Lyrik gilt. Sein Einfluß auf Motivik und Tonfall des jungen Trakl ist unverkennbar. Und dennoch: die Schwermut, aus der die Blumen Trakls wachsen, ist nicht bloße abgeschaute Pose, sie ist authentisch, leidvolle Wirklichkeit. Dies verbürgt nicht zuletzt die düstere Lebensgeschichte dieses Dichters. Wie eng bei ihm Leben und Werk verknüpft sind, das zeigt – auf geradezu beklemmende Weise – das frühe Sonett *Das Grauen*. Beim Blick in den Spiegel erkennt der Dichter in seinem Ebenbild den Brudermörder Kain, seinen eigenen Mörder: *Da bin mit meinem Mörder ich allein.* Die hier gestaltete Selbstmordphantasie kehrt im späteren Werk oftmals wieder, nimmt auch das Kaspar-Hauser-

Motiv vorweg; sie wird schließlich zur schrecklichen Wirklichkeit. Der Schatten des Todesengels Azrael liegt über dem gesamten Werk Trakls und über seinem kurzen Leben.

Umdüstert von Dämmerungen war schon die Kindheit des Dichters. Geboren am 3. Februar 1887 in Salzburg, wächst Georg Trakl im Kreis von sieben Geschwistern äußerlich wohlbehütet auf. Der Vater ist wohlhabender Kaufmann, betreibt eine Eisenwarenhandlung, und so lebt die Familie nach großbürgerlichen Maßstäben, mit Dienstpersonal und französischer Gouvernante. Die Mutter selbst kümmert sich wenig um ihre Kinder; in unglücklicher Ehe lebend, findet sie Tröstung bei der Droge, Glück nur bei ihrer Antiquitätensammlung: tagelang schließt Maria Trakl sich in ihre Zimmer ein. Herbstlich kühl ist es schon im Frühling, in der Kindheit Georg Trakls; schmerzlich vermißt das Kind die Liebe und die Wärme der Mutter, emotionale Geborgenheit. Hier bereitet sich sein lebenslanges Fremdlingsdasein schon vor. Wenn wir im Gedicht *Sebastian im Traum* einem Knaben begegnen, der am Herbstabend *an der frierenden Hand der Mutter* über den Friedhof geht und Leichen betrachtet, so mag diese gespenstische Szene erahnen lassen, welche Düsternis sich bereits in der Seele des Kindes ansammelte. Schon im Knabenalter suchte Trakl den Tod im Wasser; eine Passage des gleichen Gedichts spielt auf diesen biographisch bezeugten Vorfall an: *Also dunkel der Tag des Jahrs, traurige Kindheit, / Da der Knabe leise zu kühlen Wassern, silbernen Fischen hinabstieg...*

Vielfach finden sich in Trakls Dichtung solche autobiographischen Elemente. Dennoch sind, wie bei Goethe, *Dichtung* und lebensgeschichtliche *Wahrheit* nicht einfach gleichzusetzen. Auch die Muttergestalt, die in Trakls Gedichten so häufig auftritt, ist mit ihrem realen Vorbild nicht zu verwechseln. Sie ist eine Phantasiefigur, in der sich Züge der Maria Trakl mischen mit anderen Elementen, vor allem mit den Zügen einer anderen Maria, der Jungfrau, der Madonna im *blauen Mantel.* Diese erdichtete Mutter ist eine schillernde, eine variable Gestalt; trägt sie das eine Mal abweisende, beängstigende Züge (etwa ein *steinernes Antlitz*), erscheint sie ein andermal als häßliche Hure, so tritt sie in einem anderen Zusammenhang auf als gute Mutter, als ideales Wunschbild. Widersprüchlichste Gefühle zieht diese Mutter auf sich, Verehrung, Haß, sinnliche Begierde. Ganz erfassen läßt sich die Bedeutung des Mutter-Themas in Trakls Dichtung aber erst, wenn man nach und nach gewahr wird, daß auch einige seiner Liebslingsmotive – die Natur, die Nacht, das Wasser – immer wieder mütterliche Züge tragen. Wird die Mutter etwa als *nächtige Gestalt* bezeichnet, so tritt andererseits die Nacht im *blauen Mantel* auf. Als «Spinner, der alles blau sieht», galt der junge Dichter bald schon der Familie; von sich selber behauptete er, er habe bis zu seinem zwanzigsten Lebensjahr außer dem Wasser eigentlich nichts wahrgenommen, überhaupt sei er erst halb geboren. *Ruhig wohnte die Kindheit in blauer Höhle,* schreibt Trakl in seinem Gedicht *Kindheit.* Ist es nicht die Sehnsucht nach Geborgenheit in dieser *blauen Höhle,* die den fiktiven Knaben Sebastian – und den realen Knaben Georg – dazu bringt, hinabzusteigen ins Wasser? Suchen nicht beide nach einer Geborgenheit, die die Mutter mit ihrer *frierenden Hand* nicht zu geben vermag? Aus dieser unerfüllten Sehnsucht des Kindes erwuchs dann wohl auch die Sucht, der Trakl im frühen Jugendalter erlag: die Droge wurde sein ständiger Begleiter, bis hin in die Zelle im Krakauer Garnisonsspital.

Eine zweite weibliche Gestalt steht in der Dichtung Trakls neben der Mutter, eine *schmale Gestalt,* ein *blaues Wild* in dieser herbstlichen Landschaft: die Schwester. Diese Gedichte verbergen nicht einen biographischen Sachverhalt, der manchem Leser anstößig erscheinen mag: daß Trakl seine Schwester nicht nur als Schwester geliebt hat. Zwischen Georg und seiner jüngeren Schwester Margarete bestand seit dem Kindesalter eine enge Gefühlsbindung, die schließlich zur erotischen Beziehung wurde. Damit war ein elementares Tabu verletzt. In vielen Gedichten ist von dieser problematischen Liebesbeziehung die Rede: *Im Park erblicken zitternd sich Geschwister.* Zeit seines Lebens galt die Liebe Trakls der Schwester, keine andere Frau konnte je ihren Platz einnehmen. Sie blieb denn auch der einzige Mensch, der dem einsamen, kontaktscheuen Dichter wirklich nahe war. Für kurze Augenblicke erhellt sich die Düsternis in der poetischen Welt Trakls, wenn von der Schwester die Rede ist: *Da ich deine schmalen Hände nahm / Schlugst du leise die runden Augen auf, / Dieses ist lange her.* Die Schwester, nicht ein gnädiger Gott, wird von dem Untergehenden im Gedicht *Klage* angerufen.

Trakl sah in der Schwester das Spiegelbild seines eigenen Selbst; als *Fremdlingin* und *Jünglingin* erscheint sie in den Gedichten, als Komplementärgestalt zum *Fremdling* und *Jüngling.* Als *Nonne* und *Mönchin* tritt sie neben den *Mönch.* Bruder und Schwester, Mann und Frau begreift der Dichter als Teile einer ursprünglichen, aber längst verlorengegangenen Einheit; diese Vorstellung spielt, nicht anders als der Inzest, auch in der Mythologie der Völker eine große Rolle: man denke an Yang und Yin, an Isis und Osiris, an Zeus, der seine Schwester Hera heiratet. Schmerzlich empfindet Trakl die Trennung, den Gegensatz der Geschlechter, die Sexualität. Wenn in seinen Gedichten immer wieder Sexuelles ins Bild gesetzt wird, so ist es stets verbunden mit Vorstellungen von Sünde und Schuld, so in den Gedichten *Andacht, Die junge Magd, Die Bauern, Passion.* Mit dem Verlust der Einheit, mit der Entgegensetzung der Geschlechter beginnt die

Herrschaft des Eros, der bei Trakl aber nicht als Gott, sondern als bedrohlicher Dämon erscheint. Wie sehr der Dichter die eigene Sexualität als Bedrohung empfindet, geht aus einem Brief von 1908 deutlich genug hervor: *Ich habe die fürchterlichsten Möglichkeiten in mir gefühlt, gerochen, getastet und im Blute die Dämonen heulen hören, die tausend Teufel mit ihren Stacheln, die das Fleisch wahnsinnig machen. Welch entsetzlicher Alp!* Einige Jahre später schreibt Trakl im Prosagedicht *Offenbarung und Untergang* ganz knapp: *Ich sah die schwarze Hölle in meinem Herzen.* Diese *Hölle* in der Seele des Menschen, diese oft verschwiegene, oft gänzlich aus dem Bewußtsein verdrängte Wirklichkeit, kommt in Trakls Dichtung zur Sprache.

Über die Entstehung seiner Gedichte schreibt Trakl 1910 an seinen Freund Buschbeck: *Aber ich bin derzeit von allzu viel (was für ein infernalisches Chaos von Rhythmen und Bildern) bedrängt, als daß ich für anderes Zeit hätte, als dies zum geringsten Teile zu gestalten, um mich am Ende vor dem was man nicht überwältigen kann, als lächerlicher Stümper zu sehen, den der geringste äußere Anstoß in Krämpfe und Delirien versetzt.* An anderer Stelle bezeichnet er seine Verse als *Rhythmen aus meinem Inferno.* So naturalistisch Trakls Gedichte gelegentlich anmuten mögen – nie ist das dichterische Bild bloßes Abbild äußerer Realität. Ins Bild gesetzt wird vielmehr innere Wirklichkeit, seelische Realität. Insofern sind diese Gedichte den Gebilden des Traums eng verwandt, auch formal, in ihrer alogischen Bildlichkeit. Schon im Titel deutet diese Verwandtschaft sich hin und wieder an: *Traum und Umnachtung.* Trakls Gedicht ist ein sprachlich gestalteter Traum, ein *Traum des Bösen.* Als *Blumen der Schwermut* bezeichnete der junge Dichter seine Verse – sie sind auch «Blumen des Bösen»: *Silbern schimmern die bösen Blumen des Bluts an jenes Schläfe.*

Von einem *infernalischen Chaos* fühlt sich der Dichter bedrängt, von den *Dämonen des Blutes.* Diese Dämonen erscheinen im Gedicht als elementare Gewalten, vornehmlich im Bild des Feuers – *purpurne Flamme der Wollust* – und des Sturms: *Aufschrei im Schlaf; durch schwarze Gassen stürzt der Wind.* Sie treten auf in Tiergestalt, als Hund, als Fuchs, als Wolf. Einen *flammenden Wolf* nennt Trakl in *Traum und Umnachtung* den Knaben, der, erfüllt von *Haß und Wollust* einem Kind Gewalt antut. *Zwei Wölfe im finsteren Wald / Mischten wir unser Blut in steinerner Umarmung,* heißt es im Gedicht *Passion.* Ein dämonisches Tier ist auch der Rappe, wie er etwa im Gedicht *Landschaft* erscheint – so ist es klar, warum der Knabe Sebastian ihn aufhalten will: *Da er steinern sich vor rasende Rappen warf...* Auch dieser Zeile wieder entspricht ein biographisches Faktum. Ein Repräsentant bedrohlicher männlicher Sexualität ist vor allem der Jäger, der in so vielen Trakl-Gedichten auftritt: *Da ich ein wilder Jäger aufjagte ein schneeiges Wild...* Das Gedicht *Herbstseele* beginnt mit der äußerst verknappten Formel: *Jägerruf und Blutgebell.* Der Herbst ist nicht nur die Zeit des Verfalls, die Zeit der Ernte – er ist auch die Zeit des Jägers, eine gefährliche Zeit für das *sanfte Wild,* für alle weiblichen Geschöpfe im poetischen Universum Trakls.

Aus dieser Welt der geschlechtlichen Entgegensetzung, dieser von den Dämonen des Blutes beherrschten, dieser gehaßten und häßlichen Welt träumt sich der Dichter in eine andere, eine schöne, friedvolle: zurück in einen paradiesischen Zustand vor dem Sündenfall, zurück in die *blaue Höhle* unschuldiger Kindheit, zurück in das Wasser. In dieser ozeanischen Welt lodert keine Höllenflamme, hier ertönt kein dämonisches Geheul: ein Wohllaut ist zu vernehmen, *sanfter Gesang der Kindheit.* Oder er träumt sich vorwärts in einen *Frühling der Seele*, den er an seinem Herbstabend erhofft, jenseits der Winternacht, vorwärts in eine jenseitige Welt, in der geschlechtslose Engel wohnen: *Aber strahlend heben die silbernen Lider die Liebenden: / EIN Geschlecht. / Weihrauch strömt von rosigen Kissen / Und der süße Gesang der Auferstandenen.*

Herbstseele: die herbstliche Landschaft der Gedichte Trakls ist eine Seelenlandschaft. Es ist die innere Welt Trakls, die sich in seinen Gedichten spiegelt, das Drama seiner Seele, nicht das seiner äußeren Lebensgeschichte. Deren weitere Stationen sind schnell aufgezählt. Nach dem durch schlechte Leistungen erzwungenen vorzeitigen Abgang vom Gymnasium beginnt Trakl 1905 ein Praktikum als Apotheker. Sein eigentliches Interesse gilt indessen längst der Dichtung. Als Mitglied eines Dichterzirkels, der von den Salzburgern verständnislos «spinnert» genannt wird, gibt Trakl sich betont als Bohémien und demonstriert seine Ablehnung bürgerlicher Lebensform durch Kleidung und Benehmen. Von Baudelaire ist er begeistert, von Nietzsche und von Dostojewskij; er schreibt Gedichte und Prosa; zwei dramatische Versuche werden – mit zweifelhaftem Erfolg – im Salzburger Stadttheater aufgeführt. 1908 beginnt Trakl in Wien sein Pharmaziestudium, an das sich der einjährige Militärdienst anschließt. Trakl löst sich vom epigonalen Stil seiner Jugendgedichte, findet zu einer eigenen lyrischen Form; eine Zeit reicher poetischer Produktivität beginnt. Im Sommer 1909 schreibt er an seinen Freund Buschbeck: *Du kannst Dir nicht leicht vorstellen, welch eine Entzückung einen dahinrafft, wenn alles, was sich einem jahrlang zugedrängt hat, und was qualvoll nach einer Erlösung verlangte, so plötzlich und einem unerwartet ans Licht stürmt, freigeworden, freimachend.*

Nach Beendigung der Militärzeit steht Trakl dann vor der Notwendigkeit, sich nach einer beruflichen Stellung umzusehen, und damit vor dem Konflikt, der die letzten Jahre seines Lebens zu einer Kette von Katastrophen und Verzweiflungsanfällen werden läßt: Trakl vermag seine dichterische Tätigkeit nicht mit der Tätigkeit in einem Brotberuf zu vereinen. Seine Dichtung fordert ihn ganz. Er muß das ihn bedrängende *infernalische Chaos* poetisch *überwältigen,* gestalten, und hat dabei *nicht für Anderes Zeit.* Zunehmend chaotisch wird jetzt seine äußere Lebensgeschichte. Ausdauernd bemüht er sich um eine Stellung, erhält sie schließlich – und nach wenigen Stunden kündigt er. Die Suche beginnt von neuem, immer drückender wird seine materielle Notlage. Der Dichter verfällt in schwere Depressionen, greift zum Alkohol, zur Droge. Immer auswegloser wird die Situation, immer abenteuerlicher werden seine Berufspläne. 1912 schreibt er: *Vielleicht geh ich auch nach Borneo. Irgendwie wird sich das Gewitter, das sich in mir ansammelt, schon entladen. Meinetwegen und von Herzen auch durch Krankheit und Melancholie.*

Seelische Zuflucht und materielle Unterstützung findet der Dichter in dieser schlimmen Zeit in Innsbruck bei Ludwig von Ficker, dem Herausgeber der Zeitschrift «Der Brenner». Hier erscheinen auch seit 1912 regelmäßig Gedichte Trakls; eine erste Sammlung von Gedichten wird 1913 von Kurt Wolff publiziert. Das schmale Honorar beendet die Notlage Trakls nicht; im November 1913 schreibt er an seinen väterlichen Freund und Mäzen Ludwig von Ficker: *In meiner Wirrnis und all' der Verzweiflung der letzten Zeit weiß ich nun gar nicht mehr, wie ich noch leben soll.* (...) *Es wird alles im Dunklen enden.* Und einige Wochen später erreicht den Freund der Hilferuf eines zutiefst Verzweifelten: *Vielleicht schreiben Sie mir zwei Worte; ich weiß nicht mehr ein und aus. Es ist ein so namenloses Unglück, wenn einem die Welt entzweibricht.* (...) *Sagen Sie mir, daß ich die Kraft haben muß noch zu leben...* Das Gewitter, das sich in der Seele des Dichters angesammelt hat, bricht schließlich herein. Es bringt nicht die ersehnte Reinigung, sondern die Zerstörung, den psychischen Zusammenbruch, den Tod. Im Grauen von Grodek findet die Verzweiflung Trakls ihre letzte, endgültige Bestätigung; es bleibt keine Hoffnung mehr: *Alle Straßen münden in schwarze Verwesung.* In der geschichtlichen Katastrophe des Ersten Weltkrieges nimmt auch die Lebensgeschichte Georg Trakls ihr katastrophales Ende.

Der Schatten Azraels liegt über dem Leben des Dichters und über seinem Werk. Es sei ihm *ganz ins Dunkle und Verzweifelte geraten*, bemerkt Trakl 1913 zu einem umgearbeiteten Gedicht. Seine ganze Dichtung ist ins Dunkle geraten: *Nacht, Schatten* und *Abend* sind, wie nüchterne Statistik erweist, die von ihm weitaus am häufigsten gebrauchten Substantive, und entsprechend ist der Befund bei den Adjektiven – hier stehen *dunkel* und *schwarz* an erster Stelle. In diesem nächtigen Dunkel flammt immer wieder ein Rot auf, ein blutiges Rot: *Röte träufelt durch das Dunkel.* Diesem infernalischen Farbkontrast tritt ein ruhiges Blau entgegen, ein ozeanisches, ein himmlisches Blau, aber auch ein hoffnungsvolles Grün, das den Duft von Blumen mit sich führt, ein Grün von jenseits der Winternacht. Freilich gibt es in der herbstlichen Landschaft Trakls, in dieser Welt voll *Dämmerung und Verfall* auch ein anderes Grün, das Grün der Verwesung. Trakls Dichtung ist ein Farbenspiel, deutlich ins Dunkle geraten.

Ins Dunkle geraten ist diese Lyrik aber auch in anderer Hinsicht. Sind die frühen Gedichte dem Leser noch mühelos zugänglich, so wird die Bildersprache Trakls schon bald befremdend. Die Gedichte bereiten zunehmende Verständnisschwierigkeiten, sie werden «dunkel», hermetisch. *Hyazinthene Locken, feurige Mitternachtsregen,* ein *blaues Wild* und eine *steinerne Greisin* mit *mondenen Augen*: was meinen diese Bilder «eigentlich«, was will der Dichter mit ihnen sagen? Das Bemühen, Trakls hieroglyphische Bilderschrift zu entziffern, bleibt ohne Erfolg. Seine lyrische Sprache ist keine «uneigentliche» Redeweise, ist nicht eine Rede, die etwas verschlüsselte, das sich auch anders, in einfacher Prosa, in Klartext formulieren ließe. Wie will das Gedicht Trakls dann verstanden sein?

Als Trakl 1908 in einer Salzburger Zeitung das Versdrama eines ihm befreundeten Dichters rezensiert, hebt er die magische, sinnbetörende Wirkung der Sprache hervor: *Es ist seltsam, wie diese Verse das Problem durchdringen, wie oft der Klang des Wortes einen unaussprechlichen Gedanken ausdrückt und die flüchtige Stimmung festhält. In diesen Versen ist etwas von der süßen, frauenhaften Überredungskunst, die uns verführt, dem Melos des Wortes zu lauschen und nicht zu achten des Wortes Inhalt und Gewicht; der Mollklang dieser Sprache stimmt die Sinne nachdenklich und erfüllt das Blut mit träumerischer Müdigkeit.* Die Kriterien, nach denen hier fremde Verse beurteilt werden, bestimmen zunehmend auch Trakls eigene Dichtung. In ihr wird das in frühen Gedichten oft aufdringliche rhetorische Element (vgl. *Confiteor*) verdrängt von einem musikalischen; neben dem Wortsinn wird der Wortklang zunehmend wichtig: *Und in heiliger Bläue läuten leuchtende Schritte fort.* In dem Gedicht *Verklärung* schreibt Trakl: *Stille wohnt / An deinem Mund der herbstliche Mond / Trunken von Mohnsaft dunkler Gesang.* Man muß diese Verse hören, nicht nur lesen: Im Zusammenspiel der Vokale und Konsonanten wird der *dunkle Gesang,* von dem die Rede ist, zugleich sinnlich erfahrbar – der dunkle Gesang Trakls.

Viele Gedichte Trakls tragen im Titel die Bezeichnung *Gesang* oder *Lied*. Freilich handelt es sich nicht um Lieder nach der Art des jungen Goethe. Trakl orientiert sich an einer anderen Poetik. Der Dichter, so hatte Baudelaire gefordert, solle als ein Magier der Sprache durch kunstvolle Handhabung der Worte einen Beschwörungszauber ausüben. Sprachmagie: Solcher Lyrik geht es nicht um eine dichterische «Aussage», um Verstehbarkeit, sondern um die Faszinationskraft einer Konstellation von Worten – um eine sinnbetörende *frauenhafte Überredungskunst*. Trakls Gedicht ist kein Bilderrätsel, über dessen richtige Lösung der Leser sich den Kopf zu zerbrechen hätte; solch intellektuelles Bemühen verstellt den Zugang zu dieser Lyrik. Sie will mit allen Sinnen aufgenommen sein; das Zusammenspiel von Farben, Klängen und Rhythmen appelliert an Vor-Rationales, an die Phantasie des Lesers, nicht an seinen Verstand. In ihrer Dunkelheit und Suggestivität entspricht die reife Lyrik Trakls den von Baudelaire und den französischen Symbolisten entwickelten Vorstellungen von einer neuen Dichtkunst, poetischen Prinzipien, die für einen großen Teil der europäischen Lyrik dieses Jahrhunderts bestimmend wurden. Der «Sinn» des Gedichts ist der irrationale Simultaneffekt der in ihm versammelten Bilder, er wird heraufbeschworen durch ihre wechselseitige Spiegelung, ihre Interferenz, durch das Zusammenspiel von Wortklang und Wortbedeutung. Als prosaisches Destillat ist der Sinn des Gedichts nicht zu fassen.

Auf die Erzielung eines solchen Simultaneffekts arbeitet Trakl bewußt hin. In einem Brief von 1910 beschreibt er seine Verfahrensweise als eine *bildhafte Manier, die in vier Strophenzeilen vier einzelne Bildteile zu einem einzigen Eindruck zusammenschmiedet.* Vermieden werden soll ein erzählerisches Nacheinander; erstrebt wird gleichzeitige Wirkung der Bildteile, ein Zusammenklang von Einzelelementen, wie er in der Musik und in der Malerei möglich ist. Erstrebt wird höchste Intensität und Komplexität dieses Simultaneffekts: das Gedicht soll *zum Bersten voll von Bewegung und Gesichten* sein. Die strenge Form gereimter, regelmäßig alternierender Vierzeiler dominiert in Trakls Gedichtband von 1913. Daneben finden sich jedoch auch schon reimlose Gedichte in freien Rhythmen, mit wechselnder Strophen- und Zeilenlänge; hier macht sich das Vorbild Rimbauds, dann auch Hölderlins bemerkbar.

Besondere Aufmerksamkeit verdient Trakls Wendung vom *Zusammenschmieden.* Sie macht deutlich, daß seine Gedichte nicht, wie es angesichts ihrer alogischen, traumähnlichen Bilderfolgen zunächst den Anschein haben mag, spontane Niederschriften momentaner Eingebung sind, daß sie vielmehr bewußt «gemacht» wurden. Dies bestätigt sich bei einem Blick in die poetische Werkstatt des Dichters, in seine Handschriften und Entwürfe: Unablässig feilt er an den Gedichten, oft über Jahre hinweg; er arbeitet sie um, variiert einzelne Zeilen, versucht neue Bildkonstellationen; er zieht mehrere Strophen zu einer zusammen, entwickelt aus einer Gedichtstrophe ein eigenständiges Gedicht. Der Blick in die poetische Werkstatt Trakls zeigt, daß für ihn die Bezeichnung «Verseschmied» eine genaue

Berechtigung hat. Die Träume des Dichters sind künstliche Träume, seine Blumen keine Naturgewächse, sondern Kunstprodukte.

Es mag überraschen: Trakl, der Schwermütige, Verzweifelte, von Dämonen Besessene, von einem *infernalischen Chaos* Bedrohte – er präsentiert sich zugleich als ein überlegt arbeitender Wortkünstler, als Sprachartist. Das Wesen von Trakls Schmiedekunst erhellt sich jedoch erst vor dem Hintergrund des drohenden Chaos: das in dieser Werkstatt geschaffene Wortkunstwerk ist keinesfalls bloßes dekoratives Wortspiel. Dieser Schmied führt einen Kampf ums Überleben. Im Gedicht wird das Chaos gestalterisch «überwältigt», hier werden die den Dichter bedrängenden Dämonen gebändigt, gebändigt durch das Wort. Der dunkle Gesang der Orpheus besänftigt den wilden Rappen. Trakls Lyrik ist Sprachmagie auch in diesem Sinne – eine Beschwörung der Dämonen. In Trakls Seelennot ist seine poetische Arbeit not-wendig: hier bleibt in der Tat keine Zeit für Anderes.

Die angedeuteten poetischen Prinzipien hat der Leser im Umgang mit Trakls Gedichten zu bedenken. Seine Leseweise muß der besonderen Verfahrensweise dieses Dichters angemessen sein. Diese Gedichte verlangen die Öffnung aller Sinne, Übung in simultaner Wahrnehmung. Das gilt zunächst für das sprachliche Detail, für die Beziehung von Wort zu Wort.

Exemplarisch zeigt sich die Wortkunst Trakls am Beispiel der *feurigen Mitternachtsregen.* Auf engstem Raum sind hier elementare Gegensätze «zusammengeschmiedet»: Feuer und Wasser, nächtiges Dunkel und flammendes Rot. Nicht nach dem «eigentlich Gemeinten» ist zu fragen – wahrzunehmen gilt es dieses Spiel von Kräften, dieses Spannungsfeld, das dem Bild Leuchtkraft und Suggestivität verleiht.

Was für das sprachliche Detail gilt, das gilt gleichermaßen für den Zusammenhang eines einzelnen Gedichts: Das Nacheinander der Bilder ist als ein Miteinander zu begreifen, die Abfolge als Bezug, als Konstellation. So betrachtet, werden Trakls Gedichte immer wieder ihre subtile Architektur zu erkennen geben, sich darstellen als ein komplexes Zusammenspiel von korrespondierenden und kontrastierenden Farben, Bildern, Klängen.

Man bemerkt etwa, wie der Aufbau des Gedichts *Musik im Mirabell* angelegt ist auf das Stichwort *Angst*: in der allmählichen Verengung der Perspektive (Himmel-Park-Zimmer), im Vorrücken der Dunkelheit (von der anfänglichen hellen Farbzusammenstellung Blau/Weiß über das Grau zum Kontrast Schwarz/Rot), in der Änderung der Bewegungsvorstellung (stehen, gehen, gleiten, kreisen, stürzen). Man wird die mit dem Auftritt der *Angstgespenster* (dem weißen Fremdling, dem Hund) sich ausbreitende Unruhe verspüren, wird entdecken, wie sie sich dokumentiert in einer vom Dichter bewußt gesetzten rhythmischen Unregelmäßigkeit *(verfallene*

Gänge). Feuer steht auch in diesem Gedicht gegen Wasser, Rot gegen Blau. Das akustische Bild des Sonatenklanges in der letzten Zeile weist zurück auf das Eingangsmotiv, suggeriert wie dieses Ruhe und Harmonie: Die Angstgespenster sind – nachdem eine Flamme gelöscht wurde – vertrieben, die von ihnen verursachten Dissonanzen beseitigt.

Auch im Gedicht *Landschaft* ist eine solche Farbarchitektur wahrzunehmen, eine Gradation vom Dunklen zum Hellen und umgekehrt, eine Abfolge verschiedener Aufwärts- und Abwärtsbewegungen, subtile Wechselbeziehungen zwischen den einzelnen Bildern. Das Feuer der Schmiede – kontrastiv zum blauen Wasser des Teichs – findet sich wieder in der *Inbrunst* des Rappen, dann im Bild des verbrennenden Baums; erinnert nicht dieser Baum auch an die Gestalt des sich «aufbäumenden» Pferdes? Schwarz wie dieses sind die Fledermäuse, die am Schluß, gleichermaßen bedrohlich, *aufflattern*; in ihrer Bewegung gleichen sie auch dem Feuer, den aufsprühenden Funken. Dieses Gedicht, so zeigt sich, ist ein kunstvolles Gebäude aus Worten, ein Gebäude freilich, in dem Dämonen hausen.

Was für die einzelne Wortkonstellation, was für den Zusammenhang eines einzelnen Gedichts gilt, das gilt schließlich auch für den Zusammenhang der Gedichte Trakls untereinander. Auch hier hat sich die simultane Wahrnehmung zu bewähren. Je mehr nämlich der Leser mit diesen Gedichten vertraut wird, desto häufiger wird er in einem Vers einen anderen aufklingen hören, in einem Bild ein anderes gespiegelt sehen. Der *fromme Pilgerzug* der Vögel im Sonett *Verfall* findet sein genaues Gegenbild in dem Gedicht *Die Raben: Und plötzlich richten nach Nord sie den Flug / Und schwinden wie ein Leichenzug / In Lüften, die von Wollust zittern.* Diese Raben sind dämonische Geschöpfe, sie bevölkern eine Welt des Verfalls und der Wollust; zu den *frommen* Vögeln des Sonetts verhalten sie sich wie Trakls Gestalt des *sanften Mönchs* zu seinem *bleichen Priester der Wollust.* Überlegungen mögen sich nun anschließen, ob nicht der herbstliche Garten des Eingangssonetts auch einen Paradiesgarten meint, ob nicht überhaupt die Motive des Verfalls und des Häßlichen in enger Verwandtschaft stehen zum Motiv des Sündenfalls: *Seufzend erblickt sein Bild der gefallene Engel.* Dieser gefallene Engel ist ja ein Dämon, und er ist ein häßliches Geschöpf: *Aus grauen Zimmern treten Engel mit kotgefleckten Flügeln. / Würmer tropfen von ihren vergilbten Lidern.* Gleicht er als geflügeltes Wesen nicht dem Raben, der Fledermaus, so wie der fromme Mönch dem Vogel auf der «Pilgerreise» nach Süden gleicht? Und fliegen die Raben nicht nach Norden?

Solche Querbezüge unter den Gedichten, Verwandtschaftsbeziehungen zwischen Motiven wird der Leser mehr und mehr entdecken; zunehmend kenntlich wird dabei als ein Grundzug von Trakls Dichtung das Prinzip der

Gegenbildlichkeit. Die Phantasie des Lesers kann sich bei der Lektüre an diesem Prinzip orientieren: zu jedem Motiv, das in einem Gedicht begegnet, ist eine Reihe ähnlicher und entgegengesetzter zu assoziieren. So erst wird das reiche, auf den ersten Blick nicht sichtbare Innenleben von Trakls Gedichten erfahrbar.

In *De Profundis* wartet an einem Herbstabend eine *sanfte Waise* auf ihren *himmlischen Bräutigam*; tot im Dornbusch wird sie von Hirten entdeckt. Der himmlische Bräutigam ist offenbar nicht erschienen, es kam stattdessen sein Gegenspieler, ein höllischer Bräutigam, zugleich der Antipode des Hirten: der wilde Jäger mit seinen Hunden. Im Gedichtentwurf ist das später ausgesparte mörderische Geschehen noch ausgeführt: *Hunde zerfleischen den süßen Leib.* Die lyrische Sageweise Trakls ist ein verkürzendes, andeutendes, aussparendes Sprechen; der Leser hat den Raum des Verschwiegenen selbst zu erkunden, die Andeutungen zu vernehmen, ihnen nachzugehen.

Ist nicht die Klangbeziehung zwischen den *Hirten* und der *Hirschkuh* in *Landschaft* auch eine Sinnbeziehung? Zu den genannten Hirten gehört ihr ausgespartes Komplement, das von ihnen beschützte Herdentier; das genaue Gegenbild der Hirschkuh? Und gehört nicht zu diesem Wildtier als ungenannter Bildpartner der grausame Jäger, das Gegenbild des Hirten? Erst jetzt läßt sich erahnen, was es mit dem *ersterbenden Schrei* der Hirschkuh auf sich hat, erst jetzt zeigt sich auch die Sinnverwandtschaft zwischen der Schmiedeszene (die übrigens schon im Gedicht *Die junge Magd* begegnet) und der angedeuteten Szene am *Saum des Waldes.* Ein Vergleich dieses Gedichts mit dem Beginn von *Verwandlung des Bösen* wird weitere Aufschlüsse bringen.

Je mehr solche Motivverwandtschaften, Variationsketten, assoziative Zusammenhänge erfaßt werden, desto besser erkennbar wird auch die Bedeutungsfracht, die ein Wort in einen Gedichtzusammenhang einbringt, seine Evokationskraft, die Fülle der Begleitvorstellungen, die es heraufruft. Immer weniger wird Trakls Lyrik als unzugänglich, hermetisch erscheinen. Und schließlich werden die Gedichte Trakls sich als Strophen eines einzigen großen Gedichtes begreifen lassen.

Die Auseinandersetzung mit den dunklen Bezirken seiner Seele, mit dem Reich der Dämonen, der *Hölle im Herzen,* ist das Grundthema von Trakls Dichtung. Diese Hölle verursacht bei ihm ein quälendes Gefühl der Schuld, treibt ihn zu bitterer Selbstanklage, weckt Selbsthaß. In einem Brief an Ludwig von Ficker schreibt er im Juni 1913: *Zu wenig Liebe, zu wenig Gerechtigkeit und Erbarmen, und immer zu wenig Liebe; allzuviel Härte, Hochmut und allerlei Verbrechertum – das bin ich. Ich bin gewiß, daß ich das Böse nur aus Schwäche und Feigheit unterlasse und damit meine Bosheit noch schände. Ich sehne den Tag herbei, an dem die Seele in diesem unseeligen von Schwermut verpesteten Körper nicht mehr wird wohnen wollen und können, an dem sie diese Spottgestalt aus Kot und Fäulnis verlassen wird, die ein nur allzugetreues Spiegelbild eines gottlosen, verfluchten Jahrhunderts ist.*

Hassenswert und häßlich erscheint das vom *Geist des Bösen* besessene Selbst, als ein gefallener Engel. *Nachts fand ich mich auf einer Heide, / Starrend von Unrat und Staub der Sterne,* schreibt der Dichter in *De Profundis.* Die eigene hassenswerte Gestalt begreift Trakl indessen als Spiegelbild des Jahrhunderts: Der gefallene Engel mit kotgefleckten Flügeln ist also nicht nur Selbstbildnis, sondern zugleich Bildnis des Menschen, der Zeit. Die Gedichte wollen nicht nur die individuelle Not Trakls zum Ausdruck bringen; sie gehen, wie er in einem Brief betont, über das *begrenzt Persönliche* hinaus, sind von *universeller Form und Art,* beanspruchen allgemeine Gültigkeit und Wahrheit. Die *animalischen Triebe,* so stellt Trakl schon in einem Brief von 1908 fest, regen sich nicht nur im eigenen Herzen – sie sind es, *die das Leben durch die Zeiten wälzen.* Die Dämonen, die die poetische Welt Trakls bevölkern, verkörpern nicht nur die psychische Gefährdung dieses Dichters, sie repräsentieren zugleich eine geschichtliche Gefahr: Das *infernalische Chaos* droht nicht nur in der Seele Trakls. *Wilde Wölfe brachen durchs Tor*, schreibt er in seinem Gedicht *Im Osten*. Grodek und Krakau liegen nicht weit von Auschwitz, räumlich und zeitlich. So ist der Herbstabend in diesen Gedichten nicht nur der Abend eines schwermütigen, selbstmordgefährdeten Dichters – er bezeichnet ein Stadium der Menschheitsgeschichte. Das Lied Trakls ist ein *Abendländisches Lied*, seine *Dämmerung* meint eine «Menschheitsdämmerung» – dies war der Titel der berühmten, von Kurt Pinthus 1920 herausgegebenen Anthologie expressionistischer Dichtung.

Den Dichter Georg Trakl quält ein Sündenbewußtsein, das christlich zu nennen ist. Aber kein christlicher Gott kann die Schuld von ihm nehmen – diese Glaubensgewißheit ist verloren: *Gottes Schweigen / Trank ich aus dem Brunnen des Hains.* Nietzsche hatte den Tod Gottes verkündet, hatte Dionysos gegen den Gekreuzigten gestellt; Trakl hat seine Schriften mit Begeisterung gelesen. An die Erlösung, die das Evangelium verspricht, kann er nicht mehr glauben: Sieht Trakl dann überhaupt noch einen Weg, der aus seiner Hölle herausführt zum *Frieden der Seele*?

Der Weg, der bleibt, ist der Weg der Dichtung. In einem Gespräch mit Ludwig von Ficker, unmittelbar vor dem Abrücken ins Feld, bezeichnete Trakl sein Gedicht als eine *unvollkommene Sühne.* Schon früher hatte er ausgesprochen, der Dichter müsse sich, wie Christus, *ganz darangeben,* er müsse sich *verbluten an seine Stoffe*. Trakl nimmt seine Schuld auf sich und geht als Dichter den Weg der Sühne, einen Passionsweg, um sich am Kreuz zu «verbluten», sich daranzugeben als Opferlamm. In vielen seiner Gedichte ist von dieser *Passion* des Dichters die Rede. Der wilde Jäger, der Schuld auf sich geladen hat, wird zum Märtyrer, er verwandelt sich in eine Christusgestalt, einen Sebastian; er wird zu einem *sanften Wild* auf dem Altar der Sühne. Der *bleiche Priester der Wollust* schlachtet als Opferlamm sich selbst: *Du, ein blaues Tier, das leise zittert; du, der bleiche Priester, der es hinschlachtet am schwarzen Altar.* Als eine *Blume* hatte Trakl sein Lied bezeichnet; es ist zugleich das Blut, das aus der Kehle des Opfertiers auf dem Altar fließt: *O, das Blut, das aus der Kehle des Tönenden rinnt, / Blaue Blume; o die feurige Träne / Geweint in die Nacht.* Nach dem Tod Gottes tritt das Gedicht an die Stelle des Gebets; die Erlösung von den Dämonen, von der Hölle im Herzen ist die Aufgabe des Dichters selbst. Der Weg zum Frieden der Seele führt über die Schmiedekunst des Dichters:

Aber stille blutet in dunkler Höhle stummere Menschheit,
Fügt aus harten Metallen das erlösende Haupt.

Literatur

Georg Trakl, Dichtungen und Briefe. Historisch-kritische Ausgabe. Hg. v. Walther Killy und Hans Szklenar. 2 Bde. Salzburg 1969.

Erinnerung an Georg Trakl. Zeugnisse und Briefe. Hg. v. Hans Szklenar. Innsbruck, 3. erw. Aufl. 1966.

Otto Basil, Georg Trakl in Selbstzeugnissen und Bilddokumenten. Reinbek bei Hamburg 1965. (rowohlts monographien 106)

Christa Saas, Georg Trakl. Stuttgart 1974. (Sammlung Metzler: Realien zur Literatur 124)

Text und Kritik. Zeitschrift für Literatur. Hg. v. Heinz Ludwig Arnold. Bd. 4/4a: Georg Trakl. Oktober 1969.

Walther Killy, Über Georg Trakl. Göttingen, 3. erw. Aufl. 1967.

Franz Fühmann, Der Sturz des Engels. Erfahrungen mit Dichtung. München 1985. (dtv 10368)

Gunther Kleefeld, Das Gedicht als Sühne. Georg Trakls Dichtung und Krankheit. Eine psychoanalytische Studie. Tübingen 1985.

Verzeichnis der Anfänge und -Überschriften

Ebenhausen bei München (Schäftlarn)
www.langewiesche-brandt.de
1. Auflage 1985. 5. Tausend 2001
ISBN 3-7846-0535-4. Printed in Germany